U0937168

THE LITTLE TRAPPED BEAST

Ding Jie

小困兽

丁捷

江苏凤凰文艺出版社
JIANGSU PHOENIX LITERATURE AND ART PUBLISHING, LTD

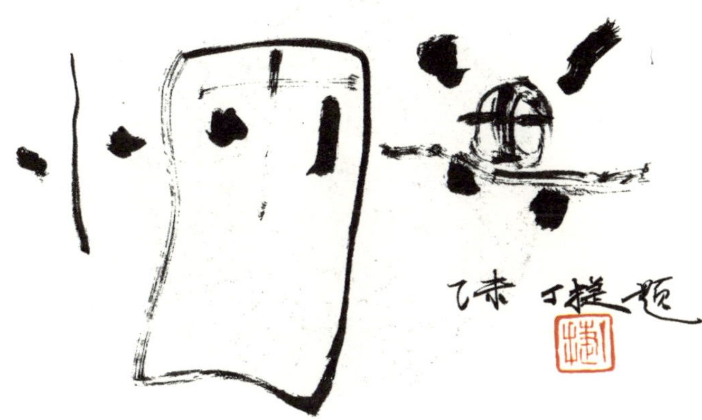

当代著名作家丁捷，被媒体和评论界称为“青春写手”、“灵魂作家”。他少年时代就有“文学天才”美誉，14岁开始大量创作发表作品，后因文学才华突出被大学免试录取。青年时代在世俗社会游走，从都市，到他乡，更有一段人走边疆的峥嵘岁月。青春燃情，饱经沧桑，正处中年的他令精神世界回归到文字，佳作迭出，所著长篇小说和青春文学数获大奖。

“小困兽”系列作品是丁捷创作的唯美青春微散文。书名的灵感来自于其读中学的儿子“父母都是牢笼”一语。这些作品受到《读者》《青年文摘》《少年文艺》等刊物读者的推崇，也触发了几位插画家的兴趣。《小时候》努力挽救我们几代人心灵深处最纯真的记忆，再现那些近乎原始的天生与天真，映现出自然与人性的最美光辉。《心跳加速》用少女视觉捕捉青春期的放纵与羞涩之间的灵肉波动，是专属于十六七八的颤抖。《大学问家》则在别样的思维方式里，为青春的最强大脑来了一场忍俊不禁的急转弯。

contents

目 录

XIAO
SHI
HOU

小时候

最美的新娘

屋后有排小树，屋里有只燕窝。

经冬历春，燕子成了双。依偎在树上纳凉，呢喃在燕窝里亲亲。

以后，飞出的燕子一双双。

你一双，我一双；白颈子的一双，灰颈子的一双；早晨一双，黄昏一双；今天一双，明天一双；年前一双，年后一双……我和姐姐，仰望着天空，数着燕子。

数着数着，树长成木。木做成了嫁妆。姐姐成了新娘。

变声

天很黑。小城的街道淹没在心跳的声音中。

我捏着她细小的手腕。有汗呢，汗津津的呢。

她恳求我唱一首歌，来丰富这看起来单调的行程。

我鼓足勇气：“月亮——代表——”

我的声音突然间破了，变成一种惊奇的陌生。我并不知道，那一刻我进入变声期了啊!

漫天的星星开始疯颠颠地伴舞，一点不在乎我的失声。

月亮在星空里失态地晃荡。

万花筒

一支万花筒。一群小脑袋。一片大田野。

唧唧喳喳的评论会，正式开幕了。主席台藏在万花筒里。我们的神情很专注。

讨论，发言，争执，惊叹。一个一个的脑袋挤过来，一个一个地声音说：哇，世界原来能变化！世界原来变化快！

雪花撑起彩的伞，大树戴起红头巾，路上铺满金屑屑。

风在飘，云慢跑，太阳什么时候下的山？麦苗什么时候隐的身？

大的世界统统被我们忘掉。

呵呵，小世界里有个大世界，小世界里的大世界，真闹，真好。

阿芬是个诡阿姨

爸爸叫她小同事。我喊她一声：阿姨。阿芬阿姨对着我做了一个鬼脸，然后笑眯眯。

妈妈轻轻地击打我的脑袋，严肃地说：没规矩！喊啥阿姨？她就是个你姐姐的年纪。

阿姨阿姨！

阿姨的眼睛依然笑眯眯。我与阿姨，多少次开心地戏耍，在爸爸单位围墙外，那片辽阔的西瓜地。

爸爸在远处望得痴痴，风捎来他一句：两个小调皮！

过去的麻雀

爸爸讲起他爸爸的故事——

粮食少了，人饿倒了。但政策不能倒啊！

宣传队指着天空，控诉叽叽嘎嘎的麻雀：就是这些畜生，抢了我们的口粮。

一声令下：统统捕杀！

喝着雀汤的下午，无奈地望着惨白的天空和有气无力的孤独树梢。爸爸的爸爸，哭着雀，骂着人。

阳灯

纸扎的灯笼，亮了，亮了。一个又一个地点亮了。

在我们元宵节的期盼里，小村的老天爷总是不够黑呀。

你快点黑啊，快点黑，老天他爹啊！

天一抖，黑衣潇洒披上身。天下一片欢与呼：纸灯笼朝天升，升了又升。村里的大爷，传承阳灯绝活儿的神气大爷，追赶起我们一群光脚跟。

我们追阳灯，追着喊：阳灯，阳灯！

大爷追我们，追一程，喊一程：

乖乖，我的阳灯。

乖乖，我的阳灯！

夜路

一会儿是羊肠小道，两边是空空旷旷的；一会儿是林荫小路，两边是密密匝匝的。
爸爸的自行车飞奔着向前。我们像一骑战士，演习着黑暗里的某个神秘战事。常常是这样：大的讲，小的听。大的提醒：注意细节，注意感情！笑的提醒：注意陷阱，注意朦胧的视线里撞进的行人！
整个少儿时代，我呼吸着爸爸的烟香，和他中山装外套上的熟汗气息。坐在他慢吞吞的飞鸽前座上，像一个袋鼠，叽叽嘎嘎地听故事，说思想，做爸爸的探照灯，或者睡一个香香。
有时候，黑暗中回家的路也漫长，我就唱：让我们荡起双桨。
歌声传递的信息，是爸爸的无限希望。

初春

菜花一开，一团浓香。流水放闸，大地愈伤。

百虫爬进耳鼓，百鸟开始欢唱。你弹奏她伴唱。炊烟依傍着晚风，懒散地升腾并漫步在半空。

我们光脚在湿的土地上试走，软软腻腻真痒痒。对着麦垅打一个喷嚏，震开了大地和小我的毛孔，放出了五彩的思绪和景象。

蜜蜂们忙碌采蜜，土墙上长满了眼睛。

春姑娘一脱棉衣，露出了温暖和娇艳的身子，羞得不肯出门。

春天要开裂了，农夫们兴高采烈，走出家门，赶紧破土去了。

病魔风火轮

雨生爱推风火轮，铁环一只，竹竿一根，围着晒场转不停。

大人说：雨生是个精神病，一不会读书，二不会喊人，三不会下地种花生。

哦哦，雨生是个精神病？

是的是的，雨生是个精神病！

雨生啊雨生，精神病的雨生，十一岁上短了命。从此，晒场空空荡荡，沉寂无声。

只有那太阳，成了我们眼中的风火轮。

吻哨响起来

小时候，那片被我吹响吻哨的芦柴叶，后来做了粽子的外衣。

我的唇齿因那粽子而留香。

我的个头因那吻哨而疯长。

从此罗马不姓罗

小时候的梦想叫罗马。

小时候的邻乡叫马乡。

罗马有罗。马乡没马。从马乡没法骑马去罗马，从罗马可以骑车来马乡。

十三五里路外，骑马只能到梦中，骑车可以在地球上。一个小时辰。过一条大河，上一条路，过一条小河，见一座学校，到一个乡。亲，这就是马乡。

就看见有个女孩子，名字叫小罗。她天生一双大眼睛。

她的爸爸呀，是一名书生。就喜欢舞文弄墨。写：条条大道通罗马，其实罗马通我家。写着写着，喝彩多了。写着写着，牛皮大了。写着写着，胡须长了。写着写着，汽车进乡了，他们全家一举进城了。

马乡寂静了，邻乡惆怅了。

马乡没马。马乡没了大眼睛。

我睁着小眼睛，一夜无眠。罗马没罗。罗马只好姓马了。

自然，多好的伙伴

云在天空中，一朵一朵，一簇一簇，变幻个不停。

我在田埂上，心思随云游弋。

大自然陪伴的童年，幻象丛生，精彩拓开我辽阔的心境。

小伙伴从后面，轻轻一拍我的脑勺。说：呆样！

我惊醒过来，扭头瞪他。

他笑哈哈指着天，说：别看我，看云。

那时代的姑姑

长长的拖轮队伍，威武地游走在黄黄的串场河。

长长的拖轮队伍里，有黑小伙龙根的一支。他站在船沿上捕鱼，浪花舔着他满身黑肌肉，反射着艳阳。

河风习习里，黑龙根，他相思着我的堂姑。他歪七扭八的心情，草拟出一张情书，从串场河写到扬子江，从扬子江写回溱潼湖。情书里献媚的文笔，在大地上画出一个一个的圈儿，一道一道的杠。

堂姑坐在她的小屋里，小油灯上跳荡着倔强的火苗。被读烂的《青春之歌》，是她的爱情理想；心里描画了千百遍，都烂熟了的，一定是俊秀的白书生；至少，也是一个白色的佐罗。后来，在设定了结论的劝说声中，叔叔伯伯们一声令下，堂姑出嫁了。河水涨了又涨，堂姑哭了又哭。

一年后，身材发胖了的堂姑来找我，要我为堂表弟取个浪漫的大名。她告诉我，黑龙根为儿子取的小名：黑冬瓜。

我给黑冬瓜取名：龙争。

我的小姨

小姨的身上，流溢着辛劳的汗香。

她一年四季，忙碌个不停。生养了两个儿子，照顾着年迈的婆婆和姨夫的五个小妹。

每年暑假，我都要成为小姨家的座上客。

她里里外外地忙着。每当走过我身边的时候，会顺手在我头上轻轻一拍打，传达出一种不同母爱的亲近与疼爱。

她劳碌而欢快，给每个身边的孩子，都是笑容。她不长皱纹，不生病，腰身从来都是细细，像风中不停摇曳的柳枝。妈妈说，妹啊，天生一个美人胚。

小姨去世时，四十小几。她捂着胸口，坐着公交进城来看我。她艰难的最后一笑，我至今无法忘记。一回想，泪眼唏嘘。

通向懵懂懵懂的宇宙

阳光。小田埂。菜地。

蜜蜂成群。

土墙上密密麻麻的蜂窝，把村头的广播音箱比得弱爆了。

嘘……奶奶拉着我的小手，来到爷爷的坟头。

我眯着眼睛，打量着新鲜的地球。

地球上长着草皮，风为它织成地毯，随便铺开来，坟地就有些豪华气象。

奶奶开演。一碗饺子，一笼馒头，丢在蚂蚁国。两个故事，说到罗马去了。三段回忆，从坟头，通向宇宙的黄昏。

天，不知不觉，不招呼地黑了。

我从未见过的爷爷，不知怎么，浮现了——长得就是一个高大的演说家啊。话筒在他手上，金光灿灿；听筒在我心里，探照全球。

清明

洗筛子啊洗筛子。清明的水，用来洗筛子，洗那晾过饺子的筛子呀。

筛子沉下去，面屑子浮上来；筛子提起来，小鱼小虾四处跳。下了水的小鱼逃生，上了岸的小虾喂鸭。

一个清明节，过得好精彩。饺子的肉香，祭祀了先人，塞了童年的牙缝，诱拐了小鱼虾。

当然，还有那绿壳儿的鸭蛋，在花母鸭的肥臀下，大了一轮。

枣树

叮叮当当的枣儿，三三两两的掉下来。白头翁鸟，在枣树上得意地聚餐。

四方的婶婶和嫂嫂，开着八方的家常会。谁一发言，就是满口的枣香。

开档露腚的我们，在树下，下一个童子操。还不时以赶鸟的名义，枪毙一批枣王。

夜降临了，我含着一粒枣核，美美地睡进大江海的童谣。

打黄桥

战争打到黄桥，毡帽，锄头，武器和战斗故事，被死去的英雄，在新四军纪念馆留住。每年有一个时候，我们赤着脚穿过一小程平原路，去看他们一次。

奶奶爱做黄桥烧饼，多年不肯变换花样。葱是葱，姜是姜，蒜是蒜。芝麻是芝麻，香油是香油。最重要的还有火候和做烧饼的虔诚——她口中念念有词。念叨出的人物，叫陈毅和粟裕，叫张三和李四。还有老家姓韩的著名绅士。每一个人，连长相都特别具体。

我们懵懂的脑瓜，是吃着黄桥烧饼长大的，是烤烧饼的烈火一起烤熟的。从小，我们渴望，即便不能当个那样的将军，也可以怀里揣着一支他的巴壳儿枪，背上背着烧饼囊，上前线。然后，再把一个苏中的七战七捷，从梦的黑夜，打到黎明。

小林梓

它叫小林梓，她叫小玲子。小镇小林梓有个小姑娘叫小玲子。

小玲子眼睛大大，对着我一笑，就细细的了。小玲子头发长长，对着我一梳，就是十几个小辫儿了。

小玲子教我游泳，在水花花里笑嘻嘻的闹腾。我的回报呢，就是教她如何勇敢地偷瓜。瓜是偷着了，但她总要躲在藤架下，喘个小小的、小小的息，生个小小的、小小的气。我要她还回那个快乐的笑脸，她要我拉钩保证：小狗嘴馋，下不为例。

我为她讲个故事，说：调皮的女孩，长得好慢。就是长得大，也嫁得难。

她嘻嘻直乐，说正合本姑娘的意。她叫我猜个谜，说凭我的智商，一定看不到谜底。

我陷入苦思。夏风吹来吹去，吹皱一河水。那谜底，仿佛就在水面上漂来漂去。

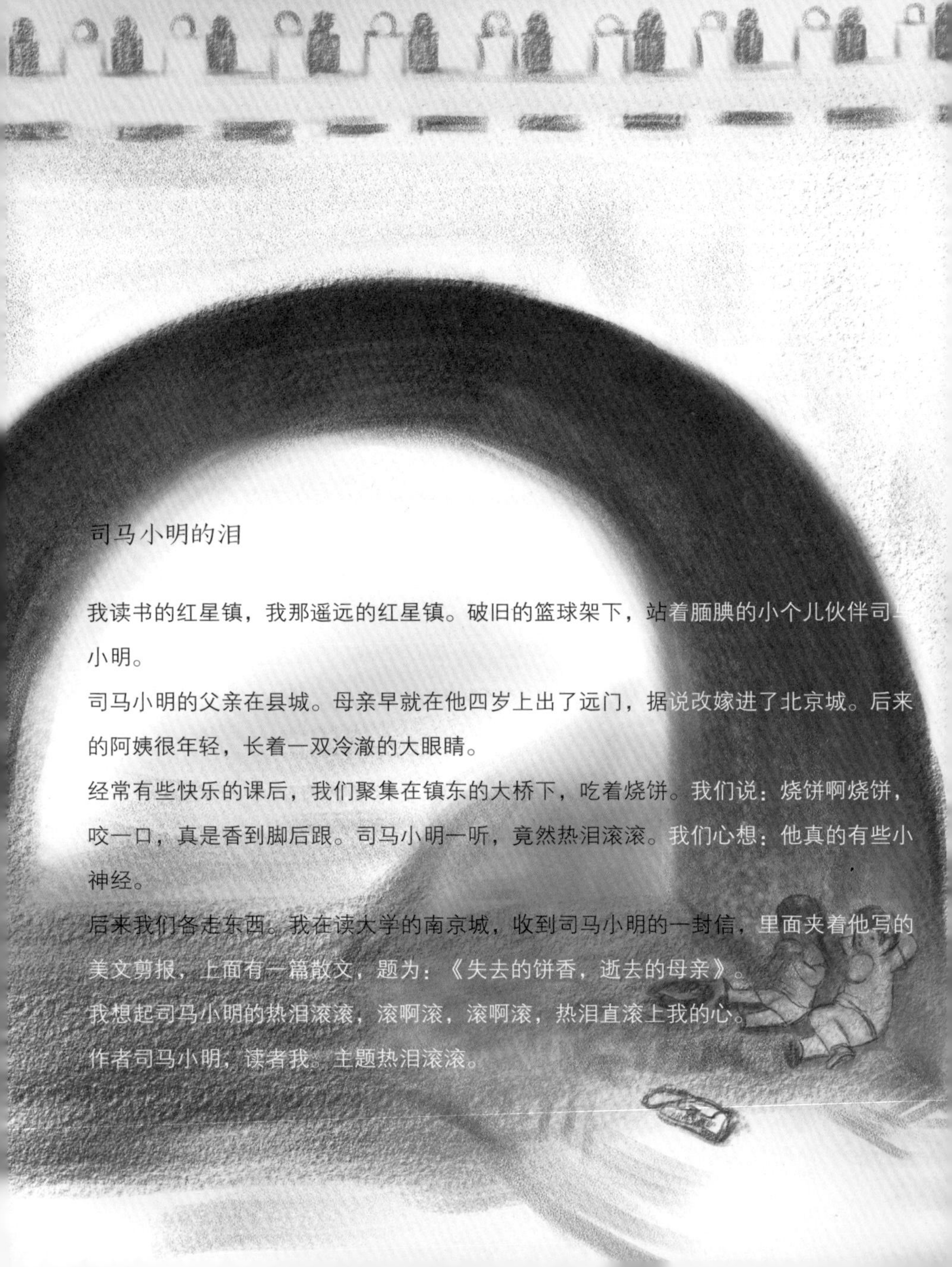

司马小明的泪

我读书的红星镇，我那遥远的红星镇。破旧的篮球架下，站着腼腆的小个儿伙伴司马小明。

司马小明的父亲在县城。母亲早就在他四岁上出了远门，据说改嫁进了北京城。后来的阿姨很年轻，长着一双冷澈的大眼睛。

经常有些快乐的课后，我们聚集在镇东的大桥下，吃着烧饼。我们说：烧饼啊烧饼，咬一口，真是香到脚后跟。司马小明一听，竟然热泪滚滚。我们心想：他真的有些小神经。

后来我们各走东西。我在读大学的南京城，收到司马小明的一封信，里面夹着他写的美文剪报，上面有一篇散文，题为：《失去的饼香，逝去的母亲》。

我想起司马小明的热泪滚滚，滚啊滚，滚啊滚，热泪直滚上我的心。

作者司马小明，读者我。主题热泪滚滚。

黑白电影的童年

谷子铲为平地，鬼子从雪白的布幕上，潜伏进村。

小顽皮赤脚飞奔，村头村尾地报信：今夜放电影，打倒小日本！

胶盘在黑暗里吱吱地叫着，叼着一支勇士香烟的叔叔，为乡亲们开垦着神气的故事。

放映灯一照，经常照亮了大家的豪气。男人伸着拳头来，想砸死幕布上的坏人。女人抹着眼泪，心里想嫁英雄为妻。

电影结束后，一个梦就此开始。电影是黑白的，梦里的颜色却多得数不清。

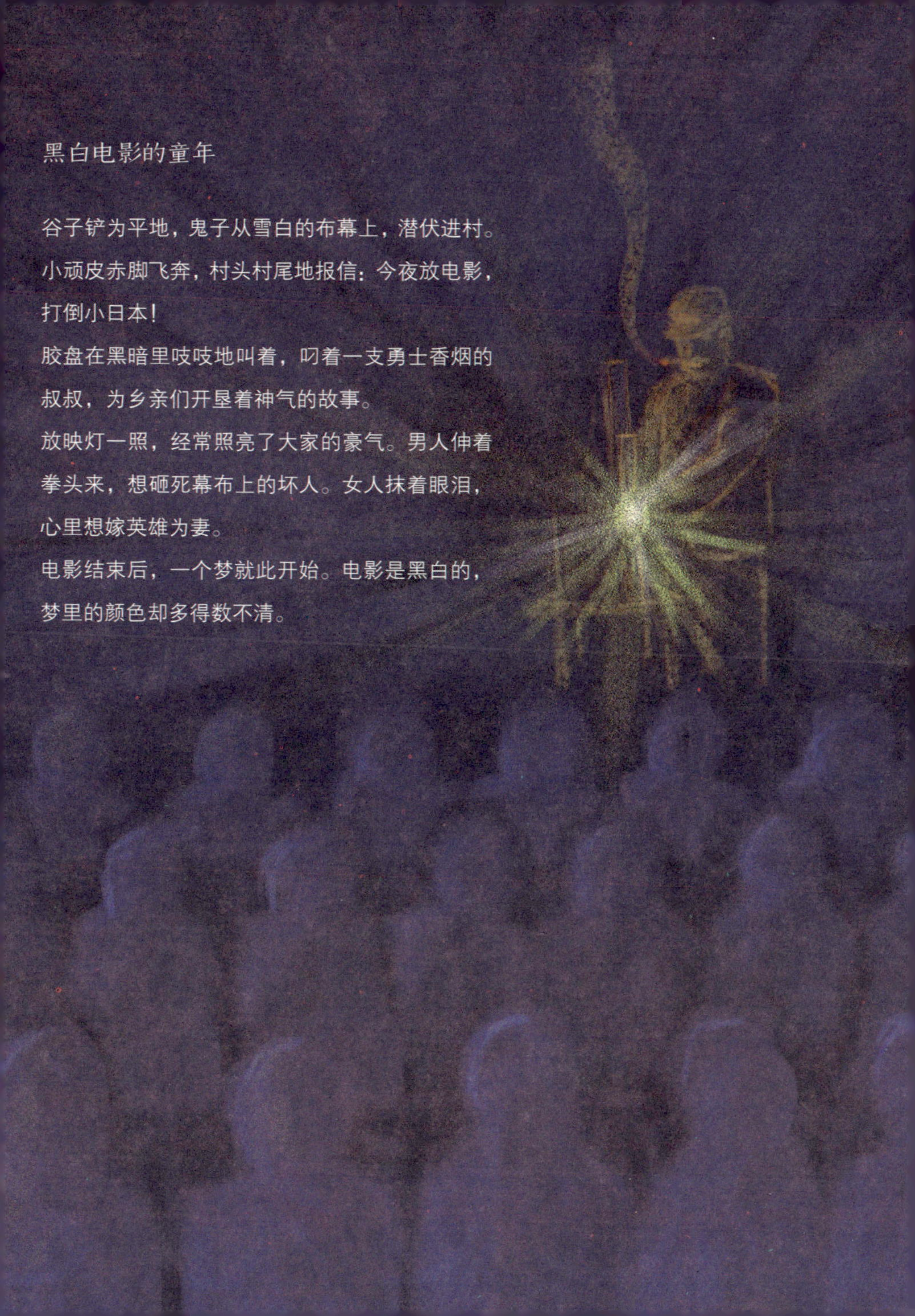

数拖轮

大江东去的水黄黄的，浑浑的，一个潮汛灌到我的小村庄。

一支轮队，逆水而上。雄赳赳气昂昂，经常撞在我的小心窝上。

小小的我，不知几岁开始，爱上长长的拖轮。可能是弱小的童年，羡慕庞然。

每次忍不住，要数一数拖轮的队伍，到底挂了几只船，多的十几只，少的三两只。

远看像我一样，是一只细长的虫；近看可就是巨龙，喘着粗气，摆着尾巴。排头的龙头吹一个口哨，汽笛长长，它的身子鱼贯而入，进入我的视线，波涛汹涌。

我趴在桥栏上，分明看到，巨龙因我留下。桥在滚滚向前呢。这桥，真是无情。

出痧子

小飞出了痧子了。小红出了痧子了。小兵出了痧子了。

痧子在消灭我们游戏的队伍长度。

小波站在高高的土堆上，清点队伍的剩余人数，幻想如果这里是井冈山，敌人消灭不了我们，痧子倒会放倒我们。这样一想，个个垂头丧气。

1970 年代的夏天，江海平原上痧子丰收。带着一支打仗游戏队伍的孩子王，名字叫小波，也没被痧子放过。

小波出了痧子了！只剩下通讯兵在孤军守着阵地，那个高高的土堆。

小波是我。我是八岁孩子王。

槐花

望着屋子后面的大槐树，我妄想数一数它的身高。数来数去数不清。只好对着阳光，用手比划，得出一个结论：高有一万丈啊。

阳光撒着金子。槐树结着银子。

秋风一报到，金子摇散，银子落了满地。

槐花香浓，贫瘠的小村照样满眼生机。

光荣人家

我骗出差的爸爸，说爸爸我想你想得掉泪的呢。爸爸于是也掉眼泪了。我骗管家婆妈妈，说你是我的最讨厌。妈妈拿起扫帚把，轻轻把我打了一下。

姐姐偷偷臭美起来，涂一脸白霜。我捐出一元压岁钱，送给她，让她买一瓶花露水。

一年后，奶奶开始生病。为了攒钱为她看病，家里的开支开始节省。我的饭量变得很小，从来不开口索要零花钱。又是一年，邻居家房子遭火灾，我和他家人哭了又哭。

每年过年前，政府送来一张“光荣人家”的对联。这时小叔都会从部队寄回来一封信，说自己三天两头向战友炫耀：光荣人家，懂事的侄子，特别善良。

满地螃蟹

在那些芦柴生长密集的地方，小河吹出许多泡泡。

沿着田埂，螃蟹走着弯弯道。白日里，深深淤泥里传来他们的流氓腔。黑夜中，亮亮的手电光中，他们狂放地跳着踢踏舞。

我玩不过你这只小螃蟹吗？我口水涨岸，馋劲滔滔。

梦里你浑身金黄，几乎把我刚长齐的门牙磕掉。

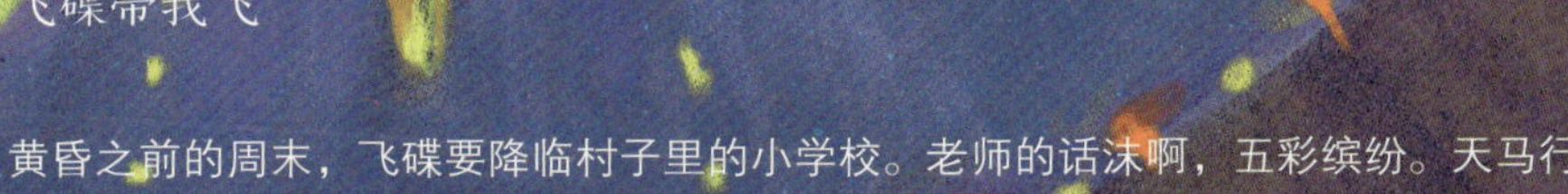

飞碟带我飞

黄昏之前的周末，飞碟要降临村子里的小学校。老师的话沫啊，五彩缤纷。天马行空中的文字，帮助制造想象。

原来，我们之外的世界还很大。如果拿铅笔画它，一支不够，一万支不见得多。全校的试卷拼成一张纸头，也未必画得下。

老师说飞碟它不大，比学校的冠军能跳，比县里的冠军能跑。飞机不敢追，怕速度被嘲笑。那些外星人随时会驾到。他们带着糖果，分撒给我们；也许拿着筷子，等着我们这些好奇的下酒菜。

老师合上手中的书，那是一本有科幻小说的文艺杂志。我们神气的心，始终合不上了。我们几乎要疯掉，然后寝食难安。做什么都像飞呢。

小窑

小窑开始冒烟。在广阔的家乡田野上，突然有些东西开始生长。

他家要推倒土墙，你家要盖几间砖房；东家要规划高高的七架梁，西家筹备建设三层的小楼房。

家家在长高，村村都在变大。小窑还是矮矮的，趴。

喇叭里天天喊，改革开放。

村子里年过八十的一个老人家，姓曹。一辈子第一次有机会登高。他指着小窑说：有的那个啥，别看个儿不高，可真的伟大！

初三那年

初三那年，全球变冷。树上挂出数年不见的冻丁丁。

初三读书读得很迟钝。我啊，是著名的聪敏孩子，加羞愧的留级插班生。

老师的教鞭直指我的小眼镜，他稀里哗啦地批评，我听起来更像是骂人。课后，伙伴们纷纷来慰问。我说，我就听不懂，那鬼子讲的是日语。骂人人不懂，等于骂自己，哈哈！

有个小密探，告我一个状，告得我三周挨罚站。

我边罚站边数着冻丁丁，边想：呵呵，青春期，练脸皮。

夜路里的魅影

有一片空旷的田野叫二十里亩。从二十里亩走过，麦穗摇曳着鬼影，虫儿唱得阴险，树动得怪异，天空的表情深沉，大地的心思莫测。

前方出现鬼火！我的瞳孔放大了，万分惊恐。天哪，似乎一把泥土撒来了，我立刻粉尘满面状。

鬼火逼近幼小的灵魂。靠的越来越近。原来，是一支微弱的手电，一束光引导导出西村的曹爷爷。老人家捕蛙归来，响亮的咳嗽，把我从惊恐中惊醒。我下意识地一抹脸，它干干净净，除了一点点新鲜的鱼腥。

烟友

父亲与他的老烟友头靠头，交换口水；手划手，掐着水烟的年份。两名老革命，并肩地作战。一支水烟枪用了大半生，早已熏的油黑，擦的乌亮。那是 1952 年的铜，1972 年共和国的铸造术，1982 年的友谊与心得。

他们的整个下午，“战斗”没有停息。烟雾缭绕之中，一代人的童年匆匆地，一晃而过；水烟的年代一晃而过；父亲的青春一晃而过；烟友们的生命一晃而过。

如今，水烟成记忆，记忆成流水啊。

奶奶

奶奶姓顾，清瘦白皙。据说是方圆五十里内少见的美人。

她搀着孙子的小手，穿过一片菜花黄，去走亲戚。她走一路问一路，宝宝啊宝宝，长大了可养奶奶?

我的小脑袋里装满怀疑。奶奶太老我太小。我的疑惑成为真，奶奶病故，我三岁。

多少年反反复复回忆的奶奶，模模糊糊。只有：奶奶姓顾，清瘦白皙。搀者孙子的小手，穿过一片菜花黄，走一路问一路，宝宝啊宝宝，长大了可养奶奶?

姨奶奶

姨奶奶被称为老精明。她的门前种着一片辣椒和几棵罂粟，花开得娇艳，椒长得鲜亮。她的屋后长着一片竹园和几棵槐树，竹影摇曳着妖冶，槐树变幻着季节。一条小路延伸在园前，一支小河环绕在园后。

姨奶奶的小屋，正好处在这片风景的正中间。她抽着水烟，摇着纺车，做着喷喷香的糍粑。叙说着自己苦的过去，巴望着我们甜的未来。更多的时候，是讲三国，赞颂那桃园结义，评薛仁贵，看世界上许多男人的气概，女人的悲欢，像屋外黄昏的火烧云一样壮丽的大侠情义。

炉灶里的糍粑熟了。持续了几十年的飘香。我咽着口水，在故事中长大，成为一个写故事的高手。

天国中的姨奶奶，是我深深怀念的启蒙老师。

爱如水车

我们的那些水车，在栽种的季节，用来灌溉水田间的秧苗，用来检阅汉子们的力气，用来滋润心田里的萌芽。汉子们要多大就有多大的力量，在吆喝声的起伏中蹬着水车。水被他们从长江源头召唤而来，灌满了江海平原上的河网，灌满水车的水箱，灌满我们的庄稼地。

水在长江里是混沌的，水在内河里也是混沌的，水进了田间还是混沌的，进了心田里照样是混沌的。混沌就混沌吧，庄稼在炎热下不能清醒。不能清醒的，还有手脚劳作、心也忙个不停的女人呢。

水车哗哗地响着浪花。男人嗷嗷地喊着号子。只要有田可以灌溉，只要有女人可以亲爱。美好的劳动，终究能洗净疲劳的身子。等到水一清，绿绿的庄稼就生长起来，油油的感情就一定漫起来的，所有的植物，都会开花结果的。

打新娘

喜糖像子弹，弹壳撒了一地。有的孩子还在院子里追打嬉闹，耍着战斗赖皮。四岁到十四岁的大小家伙，都敞着档，炫耀着自己的那支小手枪。

哎哟，有新娘子光临本地的那个黄昏，村庄里的太阳贼红贼红的。光屁股的太阳和孩子，总是能够准确反映着新娘子迎战的光荣羞涩。

人家的婆婆妈妈，抡着兴奋的巴掌作武器，给每个光屁屁一下。轻的，打出一片尖叫；重的，打出一片哄笑。

汉子们特别狡诈，借口驱赶小毛兵，攻占了最有利的地形。冲啊！有人发号施令，战斗打响鞭炮发动猛烈的火势。没有人肯撤退，前面是汉子的大脚跟，后面紧接着妇女儿童队。

新娘子一跨进地界，就被包围了！子弹从周围的眼膛里射出来，把她美丽的红外套，打成了花花点点蜂窝状。但她也不是束手就擒的，蓄满火力的胸脯起伏不息，躲闪着这些大大小小的敌人。后来，她勇敢地笑着，根本就不还击敌人。而是一闪身，逃向新房，那间符红灯黄的新筑碉堡。

哼哼，她要积蓄力量谋反啦。根据小眼薄唇的媒婆提供的准确情报，得知：哦，真坏真坏的敌人，最火最火的战争，将在今夜出现……

鬼故事

有一只金狐狸，徜徉在深夜的村庄；有一只银绵羊，沐浴在水色月光。飞舞的萤火，收拢进密密的树丛；万籁的叽啾，停顿在三更的道口。一个汉子，惊醒在孤独的草房；一个女子，啼哭在昏沉的梦乡。

所有的声息，会扰乱灵异的闪现。安静的星空下，我们听着鬼故事，万物屏住呼吸。我们与狐狸和绵羊一道，追踪远古的传说。这些附属了神采的生命，交合着几代人的听闻。她们潜入一代代孩子生命最初的空间，使我们的心思开蒙，使我们的心性有灵，使我们一生的目光捕捉，突破人间的浮尘。

牧鸭

小黑皮把群鸭赶出外婆唠唠叨叨的辖区，浩浩荡荡，一路闯过玉米地，开进野沟儿。他破童嗓一声，破竹竿一根，指点万马千军的方向，逗引群鸭大合唱。山河摇摇摆摆，摇摇摆摆进入那种美境地。

牧鸭的当儿，小黑皮揪两把蜘蛛草，塞满随身挎的竹篮儿。骗骗山那边那个割草的小阿妹，快活地下水游泳，快活地沉入他的小圈套，快活地向他求援。

这时，小黑皮俨然成了好汉，光身子如黑鸭，噗通跳下水，做着漂亮的划水姿势，携小阿妹轻轻地划向河坎。并乘机在她感激的脸蛋上，亲——红——夕——阳……

表妹之死

五岁的表妹聪明可爱。十岁的表弟，表情很坏。一个羊角辫子，一个结着疤的小平头。他们在晒场上打起架，你一拳我一脚。小平头没料到妹妹力气大，一个踉跄跌到烂泥地，灰头土脸哭着喊爸爸。羊角辫子坏坏地笑哈哈。

春天一来，水多了。调皮的表妹一天突然不见了。姑姑发疯地走，一个村一个庄，一个沟一个塘。姑父抡起了大巴掌，表弟委屈得眼睛泪汪汪。

最后，表妹被发现，死在五里外的一个河坎上。表妹的脸蛋，还是笑着的模样。

我们的心里特别疼。春风吹着芦苇荡，无辜的河水，浑浊地流向不知名的远方。

雨天的故事

青青的雨点是一个多动症，它闲不住。闲不住，就一遍遍敲打棚檐。嫩嫩的目光是那小名锁柱，他拴不住自己，拴不住就一次次瞅那长堤。老桩爷的酒盅里盛满旧故事，总是缕缕地冒烟，缕缕地冒得剪柳叶儿的燕伢子，叽叽喳喳衔草去。直衔得棚顶几个窟窿，能够望见天。爷爷蹙紧眉头就是不说一句话，鞋壳子肿得草船大。

锁柱儿又在堤下放老鸭了，一根横笛几乎吹圆了太阳。绿柳妹更舞动那身肢，轻风拂煦，轻风拂煦啊。可哪里有煦呢，拂的都是雨珠。

四周一片沉静中，偷偷下了水的锁柱儿突然大叫：大螃蟹咬住我的脚儿趾!

躲在柴管后的小伙伴哈哈大笑。吹起的芦笛儿嘀嘀嘀地吵又闹。爷爷沉着地抽他的烟，他当然也在心里笑，笑得雨天也想晴朗地笑。

永远的白风筝

我的鼻涕被送葬的队伍拉得很长很大，我的哭声，是六亲九戚们哭声中最小最小的尾音。天是黑色的，地是黑色的，外婆的轿子是黑色的，飞扬的纸钱是黑色的。舅舅姨妈们的脸也都是黑色的。我知道他们只有外衣是孝白的。

坟地被哭声淹没，却怎么也淹没不了我的耳朵。我的耳朵失望地向前小跑，直跑到队伍最前面，在小和尚带荤味的喇叭调前，碰一鼻子灰回来。

外婆下沉了，风风雨雨的六十年加瘫痪的二十年，下沉了。人们的音量和负担也竭劲和轻松地下沉了。只有外公扎的白风筝，在众人的视线里升起来，在爱的天空里颤颤地升——起——来——

白风筝永远不肯下沉啊。

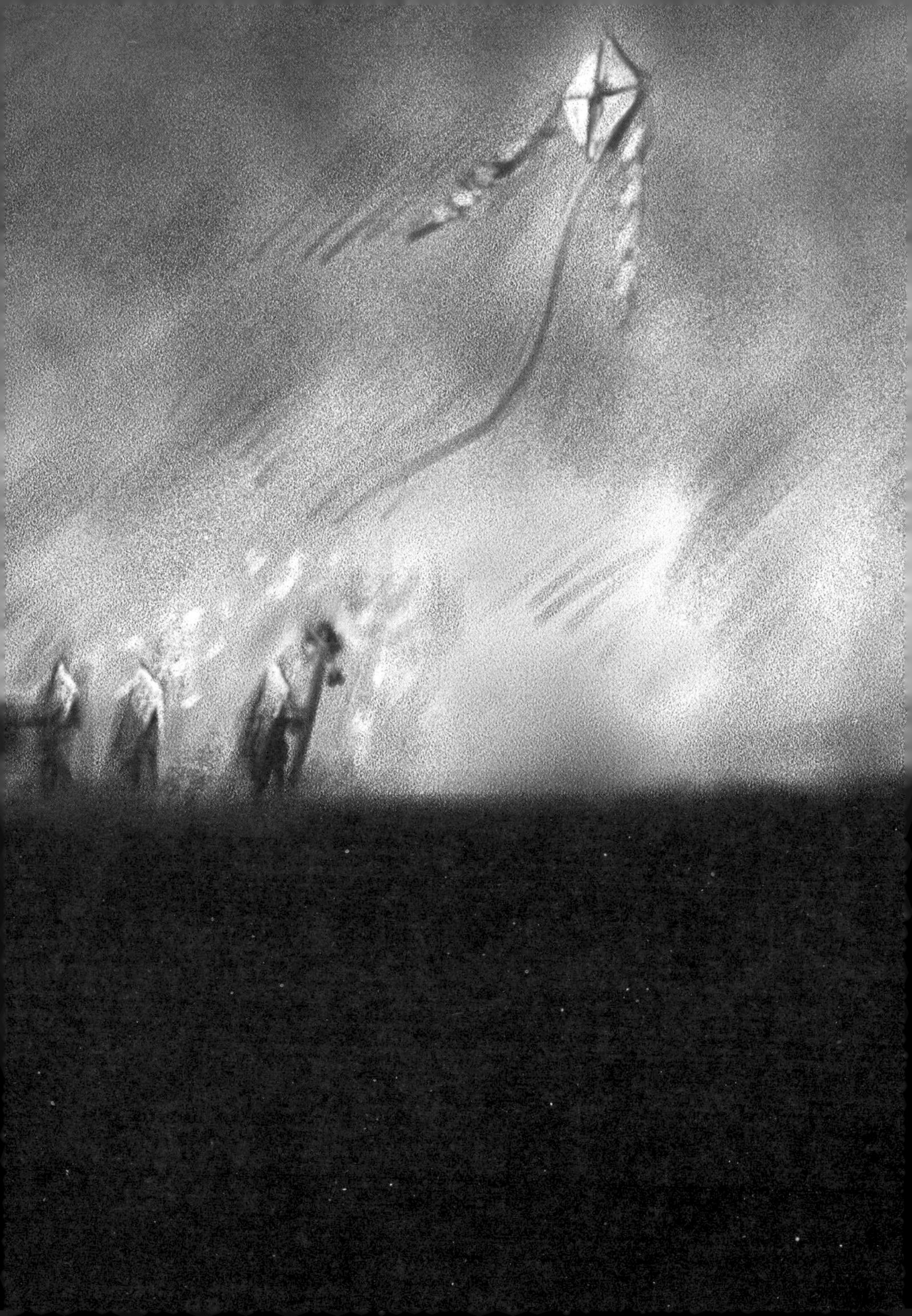

黄花二月

山地里开花四五六月。一片一片地红，一片片黄。二月雨忙着走村串户了，串到三月，密集了许多；串到四月，清亮了许多；串到五月，硕大了许多；串到六月，热烈了许多。石板路被磨洗得一块比一块亮。老媒婆又穿上她的绣花鞋。

竹帘里的黄花，一瓣一瓣地开，土院的门朝山那边望了。爷爷的眼仁一点一点地笑，烛台上多了一堆提亲的红包。新姑父们一个一个地来。山沟里的水又该往回淌了。（大姑姑就嫁给岔河水了；二姑姑在那边守空房了；三姑姑的十八岁涉着唾液远去了）。最后只剩下四姑姑。她的辫子一寸一寸地长。虎伢子的情歌被爷爷吓哑了。都说：改革开放了，管他白猫黑猫，有钞票就是好猫。

跟爷爷的年纪有得一比的四姑父终于到来了。戴着大戒指的手，把喜糖一把一把地往外撒。他满脸的皱纹快活地荡漾着。汽车停在大门口，爷爷羞愧得不敢抬头。

五姑姑的胸脯一天一天地高起来。奶奶该为她换掉开裆裤了。雪花花在地里一尺一尺地厚，爷爷住进了四姑父出资建的小楼里，就在酒盅里盼二月了。

二月黄花一瓣一瓣地开。二月黄花一瓣一瓣地谢了。

记忆童年

大黑夜扯动的神秘，匍匐在我的混沌脑袋。扑朔迷离的神经与细长的视线，交织成网，去兜那近得不能再近、远得不能再远的星星。月亮始终最淘气，时而不时地喊我一两声乳名。她躲躲藏藏，借助茅草房子们高大诡异的身影，诱惑我陷入花草芬芳和哪里飘出的煎饼软香里。

偶尔一个行人，渗入黑夜。像一个小小墨点，在瞳孔的池塘里放大、放大，他驮着远方的陌生过来，被扣留了片刻，就向着广阔的夜散开而去。

麦田里的庄稼们的任何睡姿，看得出尽是肆意。童年的夜晚啊，听得见自己和万物生长的动静。

小布得琳的礼物

小布得琳，与我的邂逅像戏剧，有预感，有发生，有情节，有发展，有夸大的气氛，也有大自然给我们提供的美好布景。

用时间解释，送礼物的念头闪过，只需要一瞬。用动机解释，谁，也没有想清。用地点解释，具体到欧洲，树林掩映里的古老小镇。用内容解释，礼物，是一个神秘的东西方之吻。

你看到的，是后来我用一本书的封面绘画，表现当时的诱惑吻痕。

小布得琳，世界上最美的雀斑姑娘；小布得琳，阳光下眯着细长的眼睛。

小照

那时候很小，小照很小，一寸见方，反射着月光。小照上的人儿，小小的脸庞，两个酒窝，一池笑漾。捏着小照，男孩，纯情得像在把一场大祸酝酿。风絮语，和着夜路上的脚步，发出的细碎声响，在耳边像唱，在心里像雷。湿发紧贴女孩的腮帮，湿发也捆绑着男孩的呼吸，使男孩无法不有些慌张。

这个男孩初长成人，把这张小照抓牢在手心。小照，像一个护梦符似的。像个小大人样的女孩子，塞过来的一个小梦似的，让男孩顿时失去了孩提的平静。

童心是个圆

童心是口水里的一个香饼，是推车的几个轮子，是捏在手心的一分硬币。

童心是门前的池塘，是街心环绕的花园，是游乐场盘旋的飞车。

童心是盘山的公路，是进城的立交转盘，是天空中飞机尾气留下的美丽弧印。

童心是盖在学历书上的印章，是师妹师弟留在心上的吻痕，是不断膨胀的快乐年轮。

童心是回忆里老家的一口井，小巷口的一根跳绳。童心是母亲的乳房，是父亲的烟圈和笑起来很好看的皱纹。

童心是太阳，是地球，是圆圆的无限。

童心真是一个圆啊。善良与美丽的生命，其实就是一颗童心的行程。从感动出发，与感动汇合，走得再远，也不会偏离，不会脱落，永远是这样光彩圆润。

小城女孩

第一个情节，小城女孩，阳光洗你漫长的发辫，会流出一身浓郁芳菲的色彩。第二个情节，小城女孩，星星镶你晶莹的瞳仁，晶莹里从没有忧郁游出来。第三个情节，小城女孩，轻盈秀气地骑着一辆小车。第四个情节，小城女孩，甜美的歌声牵引小城波动的命脉。

小城女孩，小城女孩，夹一叠书本朝向更广阔的世界……

许多的情节翻往未来，小城女孩！我许多的回忆许多的祝愿，都为你翻开。

XIN
TIAO
JIA
SU

心跳加速

月光下的青春期

在我的青春期到来的第一个夜晚，我久久难以入眠。

月光溜进小屋的窗户，温顺地躺在我的被子上。

我的胸中，有些轻微的疼痛和那莫名的感动。

游啊游，游到青春期

是她教会我游泳的，那时我们刚迈向青春期。

运河的水抚弄着她的长发和我妒忌的心思。

我喝了很多水，呆呆地望着她大笑。可以想见，阳光照耀着她雪白的米牙，我的声音是闪烁的浪花。

我鼓足勇气，阴谋策划一个亲她一口的行动。可喝水后的饱嗝一个接着一个，完全破坏了我的诡计。

天空，像橘子一样，变得金红。

7 月好美。

那年好美。

小镇，好美。

11 岁的我，心里好美。

13 岁的她，青春期的游动，真的好美好美。

致所有的爱与被爱

你曾经拒绝过她，或者她曾经逃避过你，但一定要对她终身感恩。

她清纯的眸子，向你投射过初春的第一次注视，为你种下了一颗自信的种子。

你发芽的土地，沾上了她的雨露。

无论你的人生后来的行程，有多少一路花开，都不会不与那粒种子、那掬雨露无关。

她，的确是你生命意义里的一个恩人。

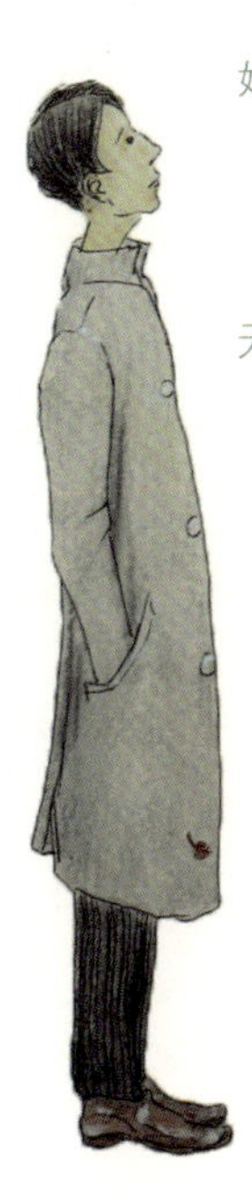

城市下午茶

在城市的屋顶上，我喝着下午茶，一边翻阅记忆里的无聊细节。

城市始终淹没在喧嚣中。

我沉浸在泛滥往事中。

城市色彩绚烂；我的眼前是陈旧的投影，像我的胎记，也像祖父身上的岁月斑痕。

生活在城市里面，是我与城市的妥协；把姿态摆在城市的外面，是我与城市的距离。

我的城市，是我交往着的一个远房亲戚。

掌声

要由衷地崇拜晚辈，对家长们来说，真的不易。

每当我翻开 8090 他们的网页，那些犀利的文字，总能唤醒我们昏掉的思想，老掉的青春，残掉的激情。

好吧，中年没有什么好羞涩的！我们这些做父母的，发誓终身崇拜伟大的牛顿和鲁迅，同时也愿意给一些才情横溢、自命不凡的孩子，许多掌声。

城里的月光

没有追着月亮奔跑过的童年，一生会缺失许多诗意。

在高楼大厦的阴影中，我们的孩子，戴着厚厚的眼镜，穿行在巴掌大的电子游戏机中。

阳光被拦截在高空。月光被困守在浩渺的灰尘中。

孩子不需要欢声笑语，电子仿声的鼓噪，响彻尘器。

燕子啊燕子

小时候，燕子在屋子中央的房梁上做窝。

燕子一家，我们一家，和乐融融。

现在燕子在天空中彷徨，我们在钢铁浇注的防盗门窗后，

向外张望。

远方的知音

迎着咸湿的风前进吧，你有一个知音在远方。

当你面对它的时候，你的安静可以换取他博大的深沉；你的冲动可以激起他无边的奔腾；你的斗志可以赢得他震天的呐喊助阵。

他，无谓，坦荡，热心肠。他是你我随时可以拥有的辽阔海洋。

青苹果

一只半熟的青苹果，悬挂在你眼前的树上。

苹果的幽香和那身姿的晃荡，让你迷茫、慌张。

你的心里伸出无数只触手，要不是耀眼的阳光，苹果被摘了上千次。

怯生的你有些冲动。

勇敢的你有些羞涩。

莽撞的你有些睿智。

你就远远的站着，欣赏它在阳光下的细腻光泽，招呼雨露滋润它的肌肤，嗅吻空气中它的芬芳。甚至对它微笑，歌唱，作一首诗，画一张画，做一番东风起舞……眼见着它成熟、长大，透出了全部的晕红。

啊，一段适度的距离，就是全部的精心呵护的内容。我所讲的你与苹果的故事，其实就是老掉牙的早恋的话题。

豪华派对

小村要上演豪华派对。他们骑着各色自行车，来自乡镇的四面八方。

有些几年没有见，他或她，转学走了一阵子了。

女孩张罗了好几天了。爸爸妈妈爷爷奶奶忙碌了好多天了。

葡萄们个个留着热汗。蝉儿躲在凉棚上桑拿。

小鸟恶作剧地把瓜籽儿洒的满地都是。

一年前，女孩在车祸中失去了双腿。从此，她每个月多了一场派对。

所有的同学，所有的甚至是曾经的伙伴，都会准时赶来。

她学会了放声欢笑，还有，在轮椅上跳舞。

折叠的心思

手写的一封纸信，能读到无限的眷念。

纸，摊，可以展开在手上，揉，可以捏在掌心。

字，传达你的个性和体温。闪烁的言辞，含蓄的表示。铺陈的琐碎事情，折叠的弯弯肠子，隐藏在纸背面的小小心思，丰富了人间多少情意。

前座的她

她沉默，是因为太多的话语，盛满了她的心器。

她腼腆，是因为太多的热量，在积蓄一场喷张。

对视

父母更多的时候会直视着你的眼睛，而你，总是那样躲闪、游离。

给邻家大哥哥的回信

今年，我就要初中毕业，你高中毕业。

再有一个三年，我将高中毕业。而你，你正准备向全新的世界冲刺。

你在起跑的时候，一定可以等到我。

我在那一天，在你人生的发令枪响亮之前。

赶到！

为你加油，喝彩，助跑。也做努力的追赶。

这是，你我的约定，好吗？

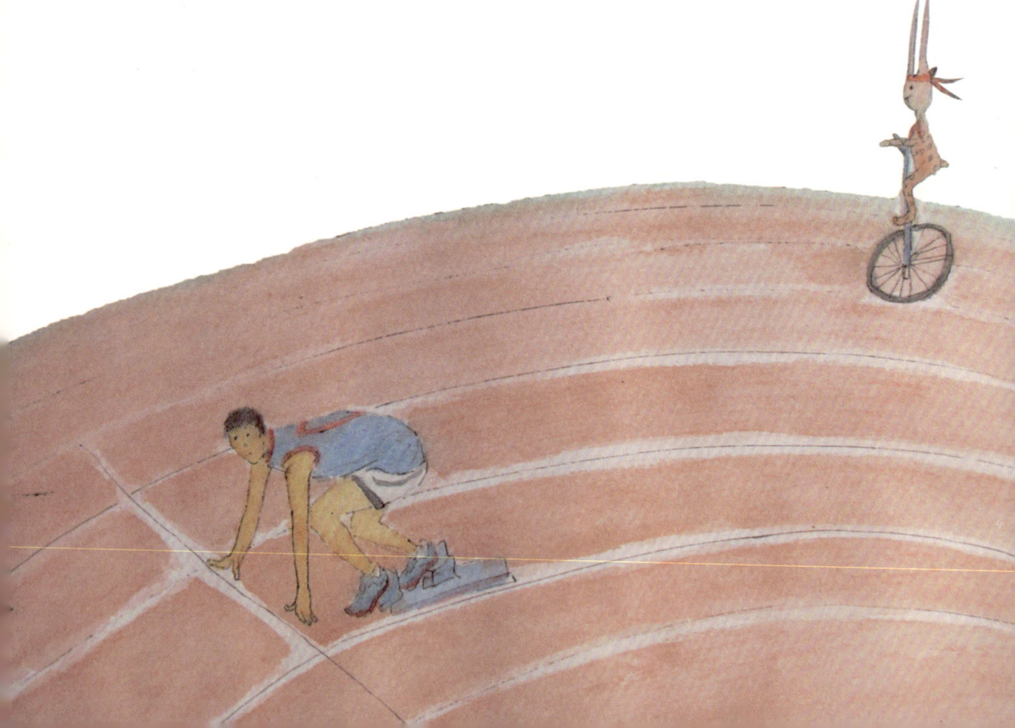

远与近

你一直想走得很远，很远。远得所有认识你的人，都无法望见你。

可是，血缘就是一根绳子，你要远行，可以用它打捆行囊；你要攀登，可以用它牵系悬崖；你要飞翔，可以用它导引风向；你若是无序地浮沉，失控地翻滚，它最终会把你捆绑得紧紧。

约会

月色朦胧，我看见她眼睛里的波涛汹涌。

阳光灿烂，我听到她心空中的溪泉叮咚。

回家

家啊，每当归来的我，穿过疲惫的暮色，第一眼望见它守在地球远远的那一点上，我都忍不住热泪盈眶。

思念

为了考试，你背诵了那么多华章。如今呢，在岁月里字消句散了。

可一个小女子，写在你毕业册上的笨拙诗句，你一直烂熟于心：

海可枯，石可烂，同学不可不联系。

其实，海枯不了的，石烂不了的，同学却大多失去联系了。

包括她，你和她。

不知道她那样的小老太，是不是还记得留给你的蹩脚诗句。

温情目光

第一次骑马，被胯下的体温惊诧了一下。

我跳下地，站在苍茫的草原上陷入沉思。

那是一种熟悉不过的感觉。童年。父亲的肩膀。我胯下的体温。

马，向我眨了一下眼睛，目光里流淌出无限的眷念。

爱的学步

三岁的男孩，在母亲的鼓励下，踉跄着上前去，向她的小女友献出一朵小野花。

我随即看到了母亲们激动的泪水，听到她们的欢呼和掌声。

这是某年的一个夏天，我在阿拉木图街头遇见的情景。

小小的一幕，让我对这个陌生的中亚城市，产生了无限的爱意。

可爱的

你蹲下身子跟孩子讲话。

孩子的眼睛一亮，愉悦使他的口水，吧嗒吧嗒地掉在地上。

地上开满了小花，在微风中伸展身子。

孩子的母亲，在一旁的空地上扬麦子。她向你送来了麦香和亲切的微笑。

他们幸福的日子，顷刻感染了你的明天。

小巷的童年

还记得小巷里的童年，青石板细数着我们的脚印。

几十年弹指过去，青石板的小巷无影无踪。费尽心思地打听到，

有几块收藏在县城博物馆的橱窗中。

隔着冰冷的玻璃，我的眼光细细地抚摸它们。

青石板变得生动，像两片迎风招展的荷叶。

你的笑声，隔着遥远，露珠一样滚落在橱窗下。

岁月的珍藏

老校长头发花白，已经开始脱牙。

我去探望他，他那双落满老人斑的双手，紧紧地握住我，怕我不听完他的话，就逃跑。

我发现他忘记了无数对我们的好，只记住了给我的那一巴掌。

惭愧啊，当年我们就知道粗暴。老校长一遍接着一遍，为这句话唠叨。

我什么也没说，将老人家紧紧地拥抱。

河殇

老家的那条河，碧波荡漾，鱼虾畅游。

真遗憾啊，那是一个没有相机无法留影的时代。

等到我带回佳能强大的镜头，一条恶臭的枯水沟，在我的绝望中成像。

哦，飞鸽

我曾有一辆专车，名字叫做飞鸽。大杠上裹着棉布，后座上安着棉垫。

我有一个司机，为我开了 10 年飞鸽。我们飞奔在乡村的小路，谈天说地，对句拼歌。

他用汗水为车添水，用父爱为车加油，用血缘为我开路。

我越来越重，是他期盼的报酬。

车能得到保养。父亲却得不到维修。

司机倒下的时候，飞鸽依然健步。

记忆清香

当我回过头来，发现她在我身后浅浅地笑。

裙子上细碎的花在风中飘飞，她眼睛里含着我正在追忆的那些时光。

长大

“孩子，那时候我经常抱着你，亲着你的小脸蛋去街西逛庙会。”

她站在我的面前，对我的话笑而不语。小鸟一样飞奔上前扑在我的怀里，不过是我那很远的记忆。

我忽然窘在那里，手足无措。孩子的高度，已足可跟我平视。

她，啊不，孩子，还是那个孩子，在我尴尬的一瞬间，轻轻地把她的头靠在我肩膀上。

“在您这儿，我永不会长大。”

她做了一个鬼脸，一如从前的调皮。

起航

在老水手的担忧和咳嗽中，18 岁，戴着眼镜，作处女航的儿子，

轻松地发动了机器。

螺旋桨卷起的水花，沸腾了老水手的血液，把他的忧心推向

渺茫的地平线。

奶奶的时光

老奶奶站在孙女的宝马车前陷入了沉思。

她看到孩子的爷爷来迎娶她的那顶轿子，晃晃悠悠，岁月竟然跑得如此之快。

好语文

今天，我忽然深深地怀念叶圣陶先生，怀念儿时的语文岁月。

童声咿呀，心飞出青砖小瓦的教室。

与蹁跹的蝴蝶一起玩耍。

与穿梭的飞船一起玩耍。

美轮美奂的语文，让我们的心灵有了飞翔。

季节的脚步

春风，如儿子的脚，踩在父亲的肩上。

夏雨，如女子的发，踩在汉子的心上。

秋月，如母亲的爱，洒在儿女的脸上。

冬雪，就是一场自恋啊。把它好好地炫耀在自己身上，堆积在自己的路上，奢侈于自己对生命的花费上。

拥抱母亲

只要黄河的水不断，我们的黄皮肤基因不会流失。

每次飞机越过黄河的上空，我的心跳就要加速。

在空中，我做的是无数次匍匐。

伏拜我们的母亲河吧。

青春总是如诗句

女生她真的很内向啊。几年里，她跟纸说话，跟自己说话，

说出来的都是诗。

什么——

门前的篱笆有着王子的风度

他们奉了心上人的指令为我守护

我也想破壳出去呀

让爱慕自由一点，逃出这个紧闭的小院……

——我偷了那些诗句，没有成功逃脱，被她绊倒在家门口。

她嘟着嘴，好像真的生气的样子。

黄昏静悄悄的，一个熟悉的人影都没有。

篱笆上缠满的藤蔓青青嫩嫩的。她把自己的心绕得很迷茫。

多年之后，她说她其实很喜欢我那点莽撞。

水水东流

欣赏小溪之美的年龄，门前的池塘，让我流连。

欣赏大海之壮的年龄，黄海的滩涂，让我的青春血脉膨胀。

欣赏长江之秀的年龄，恰好来到这个江滨的城市。大桥印证着一个国家辉煌的记忆；城墙延伸出帝王的历史；人间正道，沧桑世纪。东流带得走撕下的日历碎片，带不走鲜活人生。

感恩

去吧，找一个安静的角落。一个人，盘点一下生命不可或缺的那点隐私。

你爱过的那些男孩女孩男人女人，以及爱过你的他们，都小心翼翼地邀请出来吧。

欣慰一点他们的功名。心疼一点他们的失意。

以后，为家人祈祷的时候，带上他们的名字。为他们每个人和他们身边的爱人祝福。

亲爱的，你们都要吉祥如意！

祝你生日快乐

生日快乐!

他抬起头来回应：生日快乐。

她在他的对面坐下。窗外的汽车，甩动着漂亮的雨尾。

他们相视一笑的样子，有点假深沉，有点演老成。

谁的生日啊? 他忽然看着她的眼睛问。

我也不知道，一过 18，天天想这样念叨：

生日快乐!

看着她憋劲做笑不露齿，嘴角边跳跃着一对米窝。他不好意思呢，把脸埋到硕大的酒水单后，吱吱呀呀地说：

生日快乐！点一对恋爱豆腐果……

小故事

“跟我讲讲你的初吻吧。”美丽掩盖住你的狡诈。

我愣在你的面前，双手如同伸进了锋利的铅笔刨，被你旋转，

削尖，外衣和表情，碎碎的，落了一地。

你走过来，鼻息里吐着芬芳。

在你的拥抱中，一个耳语分明在问：“是这一样，还是这一刻？”

我沉湎于一场爱的拷打。

她一直走在我的前面，以致我从来没有正视到她的面容。

四月的菜花开得灿烂，鲜艳的那一片让我迷离。嗅觉随着风，

在她的发穗间跳荡个不停。

我突然扯开嗓子，吼了一声。嗨——

潮水般的耳鸣袭来。

我从梦中醒来，通往你家乡的火车，正在穿过一个幽暗的隧道。

童话

小男孩手中托着一只鹅蛋，站在溪水边上。一只蜜蜂在他的脑袋上方，盘旋。远处的老水牛，一步一个脚印，走过来，走过来。

“你听到了什么？”

他听到老水牛沙哑的声音。鹅蛋在手掌里抖动起来。蜜蜂嗖一声，沿着溪水顺流的方向飞去了。

这个下午，不热不冷。空气中没有一丝灰尘。一场小小地震之后，小男孩发觉自己身下长出陌生的绒毛。小鹅在蛋壳后面使劲地啄着。

他腼腆地蹲下身子，把蛋埋进温暖的沙地。

故人

舅舅，那草堆起来的是什么呀。

扎马尾辫的女孩问。

胡子拉碴的舅舅，从他的农活儿里抬起脸来，眯缝着眼睛望着女孩指引的方向。

“那下面有一些红薯，等着过冬。”

舅舅，那土堆起来的是什么呀。

扎马尾辫的女孩继续问。

舅舅点燃了一根烟，满是尘土的大手颤抖着。汗珠吧嗒吧嗒地滴落着。女孩指示的土堆，几根秋草在风中摇曳。他吐了一口烟，咳嗽了几声，说：

“那是你的外婆，在里面等着过冬。”

十六七，我想

总想捞起大地的辉光，洗礼我的脸庞。

总想那海潮的气息，呼吸着我的胸膛。穿行在这密密的生灵之中，我时不时想飞跃一下。越过拥挤的人墙，是我轻松的遐想。想，这些开阔了我的视野；这些让我的手臂可以舞得更长。在思想垫高了的大地上，我的足音，真的可以踩得更响。

小姨的未来

一根红线，从墙角拐弯，拖沓到巷子口。

青石板的街道上，到处是灰色的。只有这根红线，向路人醒目着。它像一个钓饵，漂游在无尽的水中。

小姨失恋了，过了年她正好三十。

鱼没有。鱼尾纹悄悄地来了。她打着毛衣，睡着在门后的小竹椅上。小猫闻到鱼腥，把她的线团扯了出去。

线团变成了红线。睡梦中，小姨织完了自己的嫁衣。

课间

空气中为什么弥漫着花香？我对着空空的四壁，有一点迷惘。

一只小昆虫在屋子里盘旋。咿呀咿呀地唱着。

晌午有些百无聊赖。翻开的语文课本，托着我的面颊。我的口水浸透了一些文字，它们像鱼儿一样游动起来。慢慢地，穿梭成一条时间的通道。

在这通道灰暗的中间，看得见迷幻的过去和闪亮的未来。

秋语

他坐在窗前写诗。秋天正在到来。

一丝风吹过，银杏的叶子片片飞舞。有一片落在他的诗稿上，沐浴着阳光的饱满。它弹跳了两下，乍听如私语，细听像一声惊雷。他从诗境中醒来，拾起这片叶子，放在手掌心，轻轻地抬起，以致可以平视。叶子啊叶子。他呵出一口气，看它如何飞去。叶子叹息了一声，做了一个盘旋，去了不知名的角落。

他的胸中，灵感满盈。

第一次

今夜的月光，与以往的，简直不是来自一个月亮。我凝视着你，尽管有时候，用的也是眼角的余光。我演绎着，在很深的内心，以金刚卓越的意志，与你作第一次拥吻。

你轻轻地呼了一口气。主动伸出一只手来，悄无声息地握住了我的手。拉着我向前走。

我像一个孩子，乖乖地跟着。勾着头，搬弄着凌乱的脚步和蹦踏着的心。

小坏坏

一个小别扭，让邻家的女孩气哭了鼻子。她梳理的羊角辫，

在阳光下颤颤地抖动。

我的心里不停地坏笑。

我的一句笨拙的道歉，转瞬让她破涕。

她的歌声，和着门前小河欢快地流淌。时光哗啦啦地走。

顺着流过的方向，逆光望去，远远的我俘获了一个童真，

得意了整个人生。

老师的红痣

老师的睫毛上方，有一颗小小的、小小的红痣。

每当她讲到动情处，那颗痣的舞蹈，就成为语言最好的配合。

她游离或者欢跳，我们迷惑或者欢笑。

红痣的颜色深了，又深了，我们终于跨出了校门。多少年过去了，记不清老师确切的容颜，忘不掉红痣的每一秒波动。

黄金地带

一个又一个情节，排列在页与页之间，在青春的那么多色彩之间

风影婆娑着，纷繁着。从这片地路过，难以不驻足。我的慌乱的心，

摇荡着；容易破格的情，因好奇铺散了，因墨香过敏，因花期艳腻。

反正，就是逃脱不了华丽词藻们的纠缠。

说吧，我们是一束束阳光下鲜嫩的生命；看吧，我们温泉流淌的

年龄，可以与太阳周旋，与泉水相嬉戏。这片地带里，闹腾腾，

尽是些彼此追逐的身影。青春的发须任由梳理，妩媚的潮红任由

捧掬。

女生，仍是一副千结难解的表情；男生，仍是一池才情横溢的清波。

青春当然太强烈，哪里忍得住不来掠夺这黄金地带的绝妙风景！

灰日子里的好风景

长着长着，我们就被关进灰色的日子，关进书本，关进这栋充当文字和符号仓库的盒子教学楼。小小的阳台，有幸向外面探出了一点身子，成就了我们最后的活的风景。

其实，哪有什么风景呢。盒子的前后左右，不还都是盒子吗！但是，我们在这里，可以将疲劳化成一个呵欠一股气。可以站立着沉思。眺望远方可以选择一种自由的散漫的姿势。可以端详白杨俏丽的叶子（那一点绿色贴近瞳孔）。可以跟一伙过路的大雁，自在地交谈（捎一封长信给远方的父母；捎一本诗笺给那位女孩；给那行素不相识的海滩）。看看，蓝天怎样把白云想象为一方墨香的散体诗，为几线清泪，为一场漫天的洪雨。

教室的阳台，是我们最后的风景。我们伸出纤瘦的手臂擒住它，擒住阳光里第二第三种色素，空气里一点点活着的分子。而且，还无法放手呢。没有阳台，说不定我们会枯萎，我们青藤一样的青春体，伸展不出灰色的日子。

毕业歌

红皮本白皮本黑皮本蓝皮本四处飘落，热眼泪冷眼泪真眼泪假眼泪四处涨潮。校园被淹了，到处都成海。淹了小树林淹了手臂，淹了大眼睛也淹了世界。一切如醉如梦如火如冰。想涉过声浪想跨过人山，同坐一个板凳，同和一张桌子，同在一个教室，同跳跃在一个操场，同一条路进出，同一段时光生长，发育，所有的那么多同学们，同做一艘木筏吧，各长一双翅膀吧，跳吧舞，唱吧歌，说吧爱，写吧诗，每一个动作都像一支桨，每一支桨的形状都特别夸张，每一个夸张里都有堆砌的诗行。

长大

门前的沙滩上散落着你的脚印，我一个一个地丈量过去。你的脚印宽松地包含着我的脚印。海水涨潮又落潮，落潮再涨潮。在望到你背影渐佝的地方，我们的脚印终于大小吻合起来。

爸爸……我一阵狂喜，随即热泪盈眶。

玫瑰啊玫瑰，苹果啊苹果

是玫瑰的话，千万不要轻言采摘她。让她开在倾羡的眼里，不好么？玫瑰美丽，可也时不时带着刺招展几下。她漂亮，热情燃烧成一团。不如仅仅望在眼里，小心被刺伤。

是苹果，不疼她，在心里悄悄地吃下她。让她烂在轻薄的空气里，不如让她发酵在你的内心，留香在你的岁月里。

春雨

雨，在密密的夜间，井然有序地排列着各自的文字方阵。

像准备出击，把一切烦恼，拭去。

雨，在不知名的哪里，秘密地渗透。它淹没苍老的春夏

和我内里的倦意。

雨的样子细细。我的雨，她潜得深深，出没在那春天心思的

有意和无意。

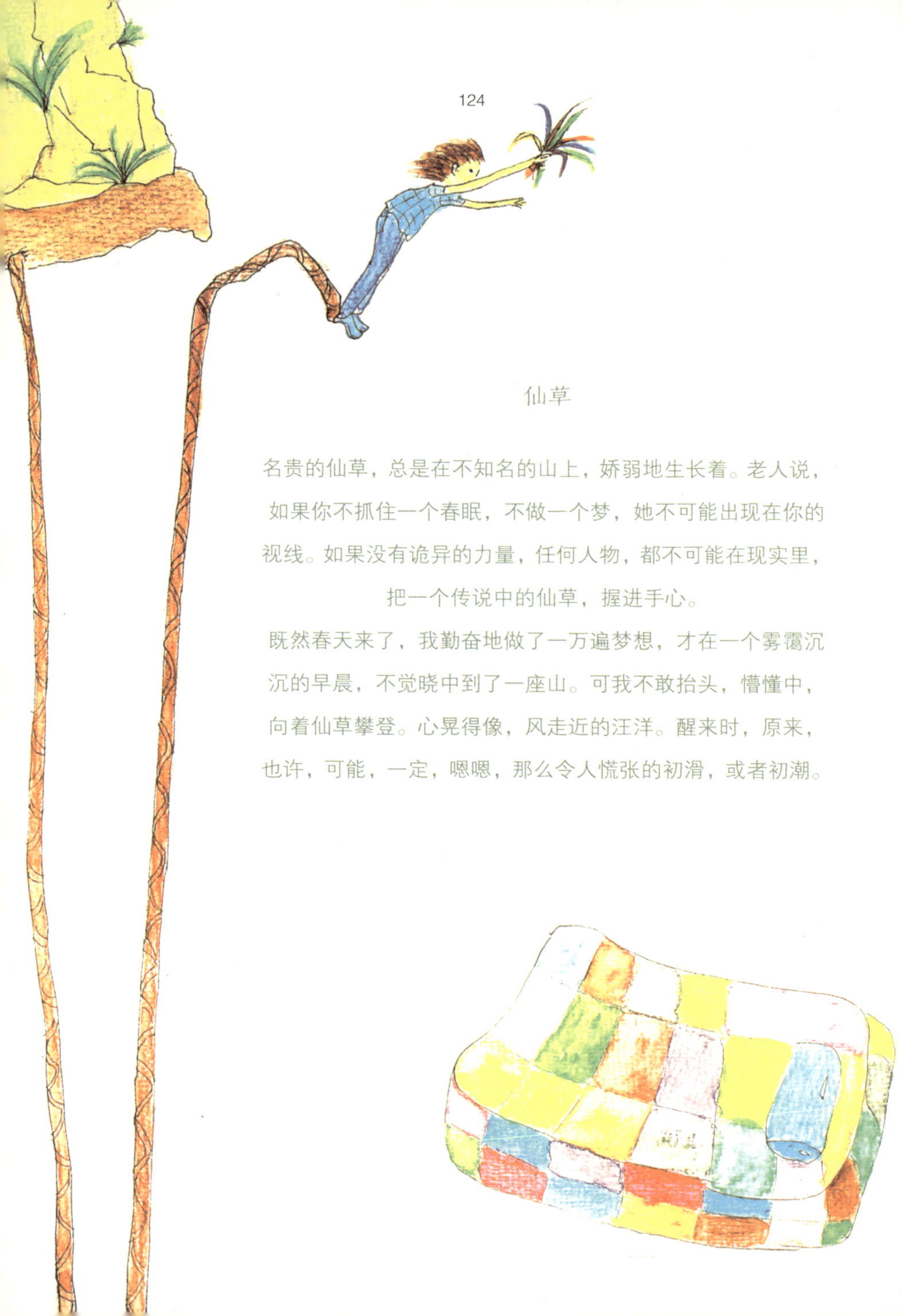

仙草

名贵的仙草，总是在不知名的山上，娇弱地生长着。老人说，如果你不抓住一个春眠，不做一个梦，她不可能出现在你的视线。如果没有诡异的力量，任何人物，都不可能在现实里，把一个传说中的仙草，握进手心。

既然春天来了，我勤奋地做了一万遍梦想，才在一个雾霭沉沉的早晨，不觉晓中到了一座山。可我不敢抬头，懵懂中，向着仙草攀登。心晃得像，风走近的汪洋。醒来时，原来，也许，可能，一定，嗯嗯，那么令人慌张的初滑，或者初潮。

听！小野丽莎

六月风吹开青春紧锁的窗。星星很多，集中在很美的夜晚。

目光，一双一双，穿越婀娜多姿的山的影子雪的线条。女孩的额棱，开始渗出一层圣洁娇柔的光晕。

视野里，似开放出蓝色之海，之空，为我的背景；音键中，漂泊来一方音乐之岛。岛的中央，你的明眸，在粉色的樱花的间隙，如清澈滑翔的一对黑色幽幽的音符。

女孩面对我，自如一笑。透窗的晚风，在青须上跑过。她玉立亭亭的身姿，甚至思绪，都娓娓融入一片恬静迷人的气氛。

反复，回旋；又回旋，轻轻……缕缕……

小城花影

城市很小，特别拥挤。一棵广玉兰树，成为我们少年心思里的繁华都市。每年，花开得真盛啊，像我们浓浓的心情。阳光下的花影迷离万分，雨后的空气里，腐朽着花们若隐若现的肉体上的泪痕。

夜晚的灯光与雨水，洗刷着每一片小巧花瓣的妩媚。一个新城出现在夜幕下。广玉兰，在一个无名的角落生生不息。而她的传说，美美地淹没在世俗的新艳里。

期待

你在长大。已经没有人，再过多关注，看起来大了，其实的确渺小的你。你只能在在黑夜里，独自欣赏自己的一举手、一投足，以及幻想，那些是你踢打出的星星，牵扯出的虫鸣。十六岁生日的那个夜晚，浮华散去，人影疏稀。你独自折叠着白天，捏在夜的手心。手心的温度渐渐升高。你忽然感到，一个新的奇迹就要来临。你激动万分，像电视里那个小巧狡诈的魔术师，哗啦一下，抖开了一个全新的黎明！

背包

走进机场的一刹那，孩子的欢笑突然噎住。

他感到背上的目光，很重，很湿。爸爸妈妈紧跟在他的后面。

他跨过安检的门，赶紧转过身来，对他们挥手。然后，他们将远隔千山万水。

孩子把他的背包，高高地背在肩上。他想挡住自己的脆弱，也遮掩一下那些就要喷薄的眼泪。

登上飞机好久，孩子才放下背包。他赫然发现，一条手帕，被扎成中国结的模样，挂在包的搭扣上。他赶紧拿着它，捂住了自己的眼睛……

世界

每天做完功课，时间再晚，她都要打开她的空间。

晚安！他们向她招手。她那些同学，如今散落在城市的各个角落，世界的各个城市。

早上好！你那边是夜间吗？他们在屏幕上向她示意。最调皮的男生在多伦多，腼腆的那个在波士顿。

她合上电脑，嘴角挂着一个微笑。小学毕业了会是初中，初中毕业了会是高中，高中毕业了会是世界各地的大学。真是，分别越多，世界越大啊。

婴儿肥

青春期后，她有些开始发胖。每次往地秤上一站，她便惊叫：

哇，又长了 0.3 公斤！

爸爸就过来揪揪她的小辫子，说：死丫头，你还在生长期呢。

哇，又长了 0.5 公斤！

爸爸就过来揪揪她的小辫子，说：死丫头，这不是冬天多穿衣了嘛。

哇，又长了 0.2 公斤！

爸爸就过来揪揪她的大辫子，说：死丫头，今晚你喝了那么多汤啊。

哇，又长了 0.8 公斤！

爸爸就过来揪揪她的大辫子，说：死丫头，多大的人啦，还在乎那点体重，你这是婴儿肥呢。

她的儿子在爷爷身后哈哈大笑。

在父亲一如既往的爱中，她活得健康又快乐。而且，从来对自己的美，都没有失去过自信。

DA
XUE
WEN
JIA

大 学 问 家

棋王

当一个棋王……是了不起，不过也没有什么高不可攀的！我就是一个棋王，而且是王中王。因为我打败过真正的棋王。那次我遇到了真正的世界棋王，一个围棋大师。我说我们杀一盘，棋王笑了，向我翘起了嘴角，仿佛说：嘿嘿小毛孩，跟我斗？我说，就是跟你斗！然后，我掏出了早已准备好的棋，跳跳棋啊……哈，我赢了。

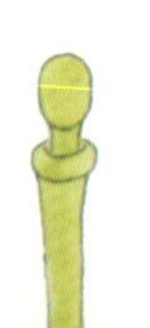

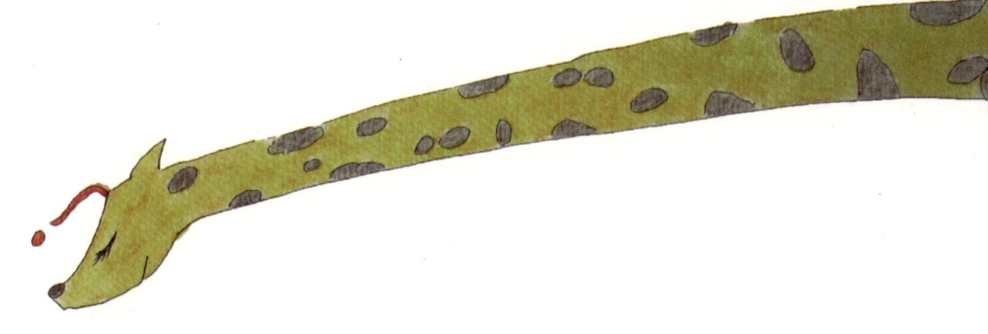

第十万零一个为什么

为什么一直都是“十万个为什么”，为什么没有第十万零一个为什么？如果有，该是什么呢？我想，就是：为什么没有第十万零一个为什么？

大师

我的理想是要成为大师——大试睡师。世界上已经有了那么多品酒师、面包师、插画师、设计师，我不抢人家饭碗哦。我立志当一个试睡师吧。我可以每天换一个席梦思的新产品睡觉，睡足了就给它们打一个分。哎哟，从此我睡觉就是工作，赖在被窝里的时间越长，就是工作越勤奋呵。我保证不会厌倦这份工作啊。我一定睡到很大很大年纪，睡成一个真正的大师——“大试睡师”。

100

白日梦

我要组织一次考试，考试的对象是全校老师。我和同学们搜刮出所有偏题、怪题、难题，出一张超级试卷，考试从严监考，试卷从严打分。成绩出来后，开全校大会，一个一个地报成绩，然后让他们上台领卷子。从最后一名报起——料定首先登台的是校长吧！哈哈。最后，在学校布告栏发榜，公布老师们的成绩和名次，正好覆盖掉我们的成绩榜。边上用红笔标注一行字：注意，老师的成绩榜永远不许抹去，违者罚站、罚俯卧撑、罚扫地球！

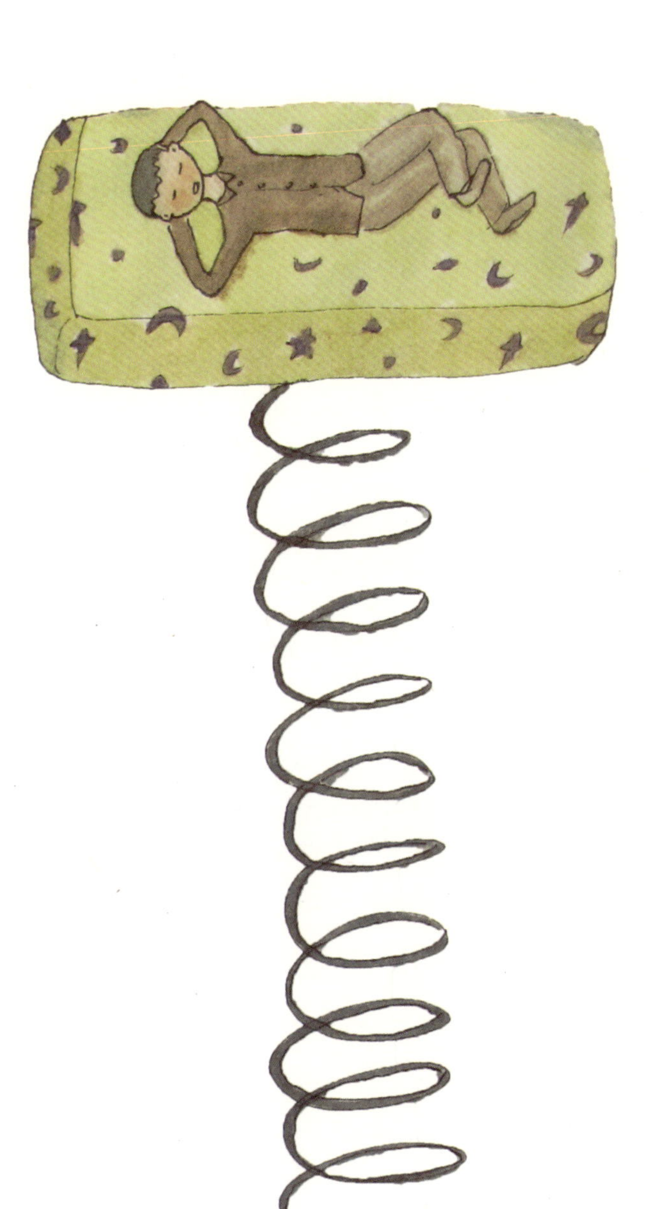

神话

爷爷说嫦娥奔月的神话有上千年了！听到这个故事的时候我真郁闷。嫦娥应该是满脸皱纹了吧，至少我这个年纪，嗨嗨遇到她要喊奶奶的吧。还有玉兔，应该长了很长很长的胡须了吧，看起来都像一只老山羊了啊。

知识

那天，刚学了一个词句：酸掉牙了。真是好知识啊，来得还那么及时——我正有一颗牙疼得烦人呢。放学后，我从超市买了一瓶醋，边走边喝，那个酸啊。可那颗坏牙就是不肯掉。看来，不是所有知识都好用……

大头

小心点，大头就是脾气坏，很容易来火的。比如，我就是一个大头，还有，火柴……

愤愤不平

你们不要欺负小的，这世道，怎么连算术都欺负小的！ 10000 乘以 10000 是一个亿，1 乘以 1 居然还是 1，还有没有公理啊?

青春须

老爸告诉我，青春期开始嘴巴上才会长胡须。看来，小老虎、小老鼠一出生就进入了青春期……

假如

那天，老师出了一个作文题：假如你有一条尾巴。我的作文是：假如我有一条尾巴，我一定不是一个学生了，我宁可待在动物园陪小朋友捉迷藏，也不坐在教室里傻乎乎地想什么假如我有一条尾巴呀。

聪敏的狗屎牙

我长着两排狗屎牙。狗屎牙怎么了，狗屎牙就一定难看得见不得人吗？有一天，老师忍不住问我为什么长狗屎牙，是不是小时候贪吃糖啊。我说才不是呢，我这是牙套，牙套是假的牙，知道吗，我的牙其实又整齐又白，能给牙膏厂做广告！

老师迷惑不解地看着我，说：哪有这样丑的牙套。

我说：爷爷奶奶都戴上牙套了，我的真牙齿看起来就跟他们的牙套一样，反而像假的了。我特意装了这样的牙套，很酷吧！而且，至少看起来多天然啊，别人不会怀疑我装了牙套啊。

老师的眼睛瞪得老大老大。

吃粉条，长学问

火锅涮粉条真好吃啊。吃的时候，我总是在心里默诵李白的诗：日照香炉生紫烟，遥看瀑布挂前川——别人的火锅烧开了，别人高高地捞起了粉条啊。飞流直下三千尺，疑是银河落九天——口水呀口水，自己好容易捞起一筷子粉条，高高举起，可它吱溜一声，又滑落回锅里了。

爱的味道

我在她的怀中，干涸的唇接到了一粒眼泪，是那样的咸。

她轻轻地耳语：为什么咸？我心中的爱，来自大海。

这是我午睡中的一次梦中的诗句。醒来后，口水几乎淹没了我枕着的地理课本。

未必美好的将来

节假日玩得很疯狂，几乎忘掉了所有的臭作业。爸爸妈妈一路唠叨，深深地担忧我的将来。

寺庙里算命的道士神秘地望望我的手掌，说，你将来不错，你的钱比爸爸妈妈加起来还要多。

耶！爸爸妈妈跳起来，互相击掌，并把我紧紧地拥抱。

天哪，这算是钱很多的美好将来吗？我再也没有心思玩了，因为如果我只能挣一块钱，也就比爸爸妈妈加起来还要多！——本来，他们的钱，不都是我的吗！

男孩与男人

10 岁之前，你依赖父亲。

20 岁你竭力挣脱父亲，远离父亲。

30 岁你忽然有些想接近父亲。

40 岁你出现白发，一夜间理解了父亲。

50 岁你无限崇敬父亲。

60 岁你开始一心追随父亲……

与父亲的距离，是男人成长的心智刻度。

乖孩子

孝顺是什么啊？是认真听父母的每一句话，让他们喧哗的爱得到回响。然后静静地躲到一旁，做一些取舍，默默的，一点也不向他们声张。

女孩与女人

女人只要是女儿，她永远就是个女孩。

女人只要变成妈妈，她就不但是女孩的妈妈，还是妈妈的妈妈，

甚至，看起来还是，所有人的妈妈。

童真

为什么人越老越记得清遥远的童年?

因为童真最长寿。

不再奇妙

两岁的儿子望着窗外的细雨，说：爸爸，天尿尿了。

三岁的儿子把小手伸出疾行的车窗，空气温暖而湿润，他说：宝宝想抓一个风进来，它就是不肯，像肥皂一样从宝宝手里滑掉。

四岁，儿子看到小区广场上的喷泉，雀跃着说：水开花花啦！

七岁，儿子入学了。和所有的孩子一起，背着书包，端坐在老师的眼前。听同样的教导，背同样的诗词，参加同样的游戏。使用同样的语法、修辞和成语。

我们再也听不见那些奇字妙句。

噢，所谓学校，就是集约化、标准化的孩子加工地。

泰坦尼克号

被最美的姑娘爱上，是件不难的事。不信拉倒。

你得会打牌，赢一张船票的小钱并不难。

你得会随地吐痰，对着大海把痰吐得很酷并不难。

你得会画画，画画的派头要有，额头前弄两缕刘海，标志一下专注和才艺。至于水平，那个可以没有，照葫芦画瓢并不难。

难就难在，既知道最美姑娘的这些喜好，也知道我们只能相遇相爱在终究要完蛋的泰坦尼克号……

无用的意义

机器和人的区别是什么？机器只做有用的事情，人却经常发生无用的行为。

生命的意义，恰恰就藏在那些看似无用的行为中。

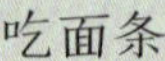

吃面条

我：老爸，考考你，面条有几种吃法？

爸爸：煮着吃，炒着吃，泡着吃。

我：不对。怎么都不可以吃。

爸爸好奇地盯着我，一连说了三个为什么。我说，让我吃一包酸辣方便面，我就告诉你正确答案。

爸爸只好同意。

于是，我说：我的同桌，外号叫面条。

时尚女生

有一天，我穿着一双特殊的袜子，前面伸出了两个大拇指。同桌笑的，那小样儿好像上气不接下气。

有一天，我穿着一双特殊的袜子，一只红色，一只绿色。她看着我，满眼狐疑。

有一天，我穿着一双特殊的袜子，一只袜管高高，一只袜管低低。同桌她看得眼睛眯眯。

有一天，她也穿上了一双特殊的袜子，一只画上卡通，一只打着格子。她还这样写着日记——我的同桌，时尚而又满脑子创意。

我不禁眼睛眯眯，看看她的袜子。眼睛狐疑，读读她的日记。然后笑得上气不接下气。

真的，我有几十双袜子，混放在一起。每天在闹钟的催促下，睁不开眼睛，胡乱抓两只，胡乱穿一气。

哲学小差

人生，不能同时踏进两条河流。我喜欢这句大哲学名言。

每当我在课堂上开起了小差，我就告诫自己，我，不能一边背诵着小小的课文，一边用心周游在游戏的世界……

对等

一位名人说，世界上有两件事是最难的：一件事是把别人的钱装进自己的口袋；一件事是把自己的思想装进别人的脑袋。

我说，世界上有两件事最容易：一件事是先与别人进行等价交换物质，从而把别人的钱装进自己的口袋；一件事是先与别人平等交换思想，从而让自己的思想进入别人的脑袋。

懂得我说的两件事为什么最容易，也就懂得名人说的同样的两件事为什么最难。

征服世界

历史课上，老师说，拿破仑因为矮小，所以特别自大，
最终几乎征服了世界。
呵呵，我想，要趁着自己还没有长大，能多自大就多自大，
征服一下世界再长大，那也不迟啊！

与天使在一起

天使让我分享了一口他咬烂的苹果。天使口水里的奶香，让我的心长上了一对翅膀。

登月计划

幼小时，到月亮上去的设想，是乘坐绘画书上的一张神毯。

小小时，去月亮有了先进的工具，就是像骑上骏马那样跨上火箭。

大小时懂得了很多知识，科学家正在构想一部巨高的电梯，去月亮就是去高楼上的小区。

噢，几乎所有的人都设想过，如何轻松地踏上他们的月亮。

踏上月亮，就是踏上自己的梦乡。

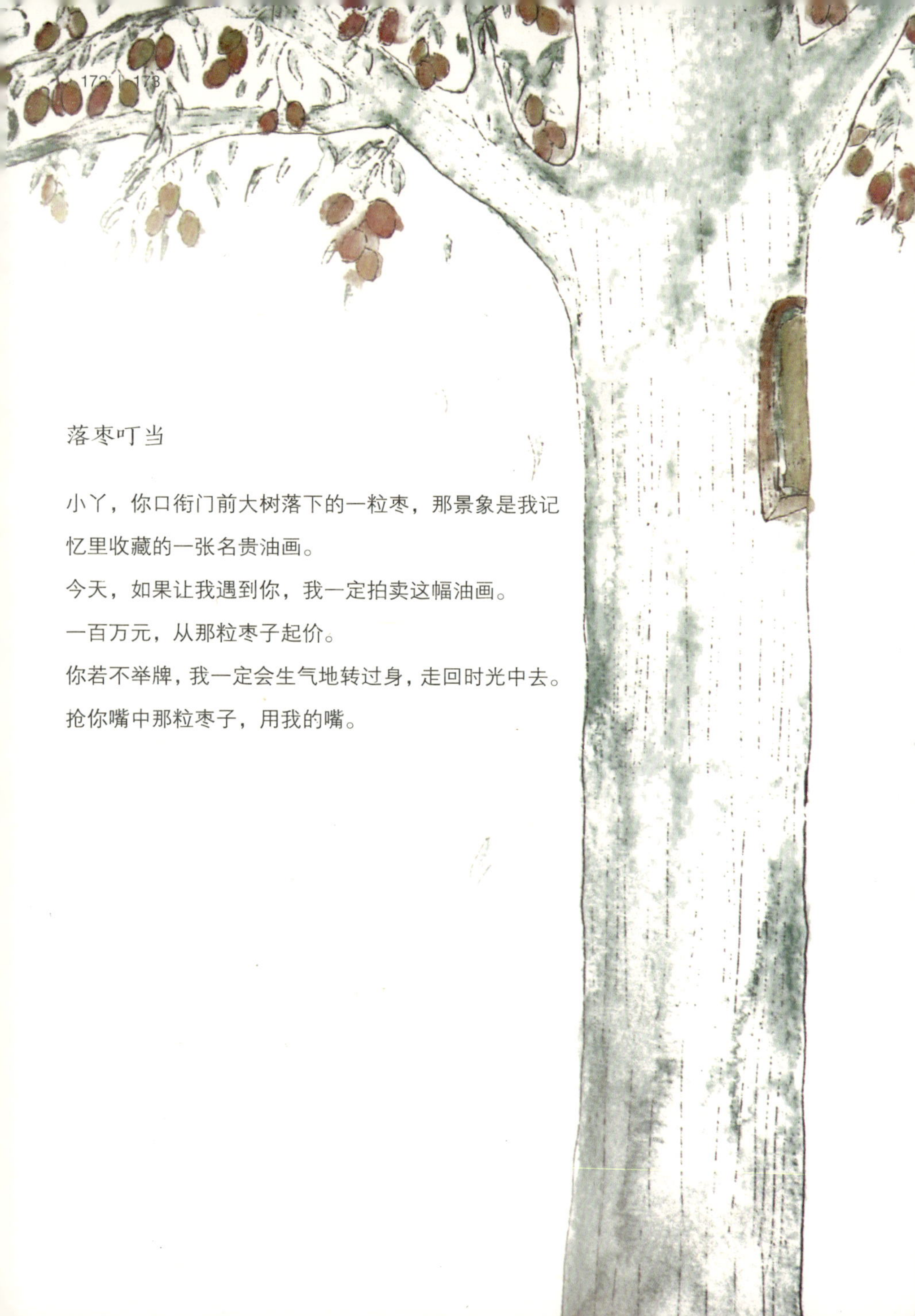

落枣叮当

小丫，你口街门前大树落下的一粒枣，那景象是我记忆里收藏的一张名贵油画。

今天，如果让我遇到你，我一定拍卖这幅油画。

一百万元，从那粒枣子起价。

你若不举牌，我一定会生气地转过身，走回时光中去。

抢你嘴中那粒枣子，用我的嘴。

感知生命

10 岁发现自己有一根白发，惊奇。

20 岁发现自己有一根白发，惊呆。

30 岁发现自己有一撮白发，惊恐。

40 岁发现自己有一撮白发，矜持。

50 岁发现自己有不少黑发，惊喜。

80 岁发现自己有几根黑发，惊异。

100 岁，发现自己还有几根黑发，人们奔走相告，弹冠相庆，喊着为你申报世界吉尼斯。

难题

虎不老，前面也要加个老字，老虎；象不大，前面也要加个大字，大象；刚出生的鼠宝宝，我的指甲盖那么大小，还是起名：老鼠。那么多小动物，怎么没有前面天生加个小字呢？小鸟小熊，真幼小时才叫小，那小字可不是名字啊……语文课后面接着生物课，我一堂课都在整这个问题，一堂课也没整明白这个问题。

小散文

响雷过后，雨点扑打着地面跑过。

春是一个急躁的孩子，说来就来了。

小树林的冬装还没有脱。积雪还有些害羞，想离开而又被爱意挽留着脚步。

南风身上有一股海洋爱液的腥香，所掠之处，万物受孕。

仿佛一夜间，无数的地方拱起。

许多新生命的脑袋，处处探出。

这一下子，好让我们的世界意乱心慌。

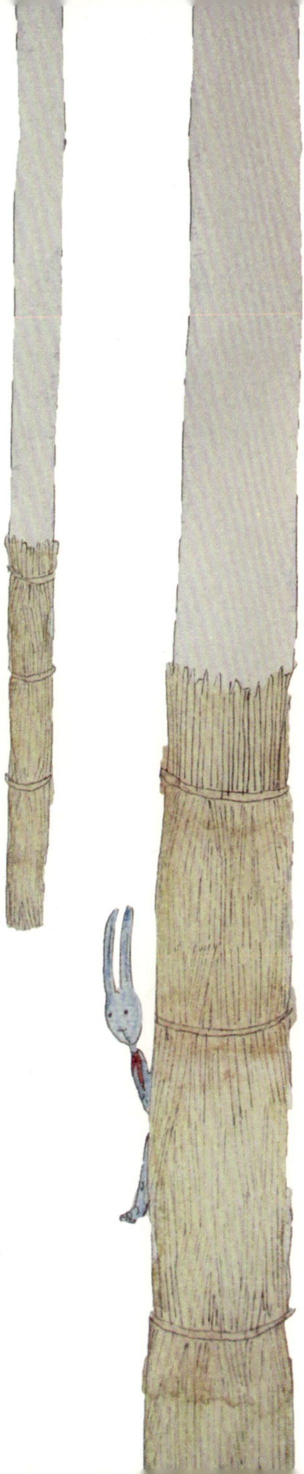

关于贪玩的对话

爸爸：你为什么这么贪玩，除了课本，你什么都喜欢？我们小时候穷得一无所有，却一心都在课本上！

儿子：没错，小孩子都一样贪玩，喜欢最好玩的东西。你们小时候穷得，最好玩的，就只有课本啦！

语文
美术

小纸条·1

——男孩：我那时走过教室的墙角，猛然发现你苦读的身影。昏黄的廊灯，使你看起来异常的朦胧。我的心有些别样的跳动。不知道这是为什么。

——女孩：嗯嗯。时光过得太快，噢，那些功课，我要追赶你，更要追赶那时光。

小纸条 · 2

——男孩：可爱的，你别总是出现在我的眼前，把你的身影拿开好吗？你看我乱成什么样了。我的注意力还有多少分给课堂？

——女孩：好，先把你的眼睛拿开，至少，那双 500 度的眼镜拿开！嗨嗨……

小纸条·3

——男孩：清风不识字，何故乱翻书?

——女孩：清风翻书勤，期末考试 100 分。你呢，帅哥?

小纸条・4

——女孩：你的文具盒，为什么总是掉在我的课桌底下？我给你不知捡过多少回了。

——男孩：我是故意的。

——女孩：你这是为什么？

——男孩：没有它，你从来不肯低下和向我转过高傲的头。呵呵。

小纸条·5

——男孩：？

——女孩：？？

——男孩：……？

——女孩：。

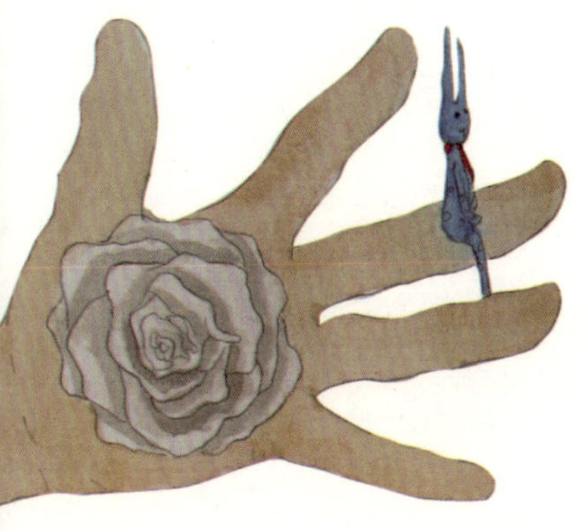

小纸条·6

——男孩：告诉你一个秘密。我的手掌里的图纹，有时候看起来像一朵玫瑰的速写，有时候看起来真的像你的头像素描。这难道不是青春的奇迹吗！

——女孩：青春的确有许多奇迹，在我看来，更多是美好想往的奇迹。我也经常看我手掌心的纹路，结果呢，有时候看起来像一个时钟，有时候看起来像一组匆匆的脚步。

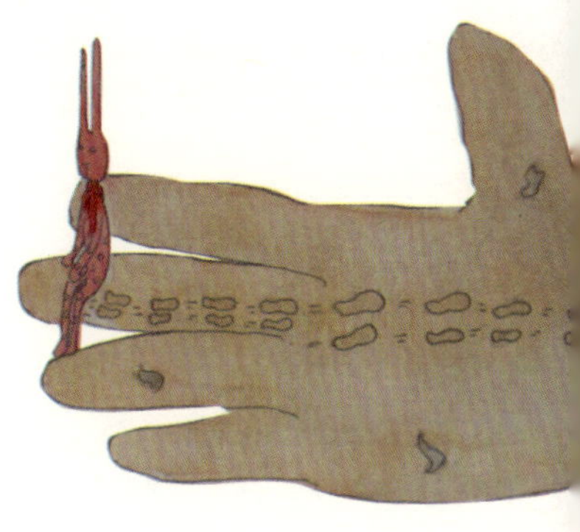

小纸条·7

——女孩：我在你的书里偷偷夹了一片叶子，一片青青的枫叶。

——男孩：我一定珍藏。我一定不会轻易打开那一页。我期待高考后的第一个秋天，与你一起打开它的时候，它是红色的。我们需要一个阳光明媚的日子，透过这片叶子回顾我们默契的身姿。

小纸条·8

——女孩：昨天我的爸爸第一次搜查了我的书包，把我的青春小兜兜翻了一个底朝天。我很伤心。帅哥，你有过这样的遭遇吗？

——男孩：呵呵，有，那是很久很久以前的事啦！

小纸条 · 9

——女孩：那些明星为什么总是惊艳的，他们真的不是普通的人吗?

——男孩：大概……可能……也许……

——女孩：为什么一串概词噢?

——男孩：他们真的不是普通人——不是普通地示人。你试试每天有一群专业塑形师跟着，花几个小时梳妆打扮，不同场合穿不同衣服，不同季节修不同发型，始终有最好的光线照亮你五官精彩的部分，不沾风雨灰尘，从不素面，举手投足需要事先设计。这一切再加一个柔滑的镜头，一个巧妙的剪接，一场精心的修图，然后，你才成为别人眼中的你。你还是现在的你吗？你一定不亚于任何光艳四射的明星。

——女孩：噢，创造美，还真累。

小纸条 · 10

——女孩：大师，李白为什么写一首千古绝句，赞美汪伦？桃花潭水深千尺，不及汪伦送我情，什么交情到这个尺码啊？

——男孩：要我说啊，李白是个写歌的，汪伦是个唱歌的，忽闻岸上踏歌声啊，唱歌的总该像你一样，是个美女吧……

——女孩：哈哈不怪说你大师，歪才歪才，天外之才啊！

一生

3 岁，我喜欢的她，拖着鼻涕，两腮长满了冻疮红。

13 岁，我喜欢的她，脸圆，下巴方，还在奶胖中。

23 岁，我喜欢的她，是梧桐树下瘦弱的一阵风。

33 岁，我喜欢的她，在我的屋里屋外，身影匆匆。

无论到 43 岁的立如松，还是 103 的老持重。我喜欢的就是你，我的爱，我的梦。

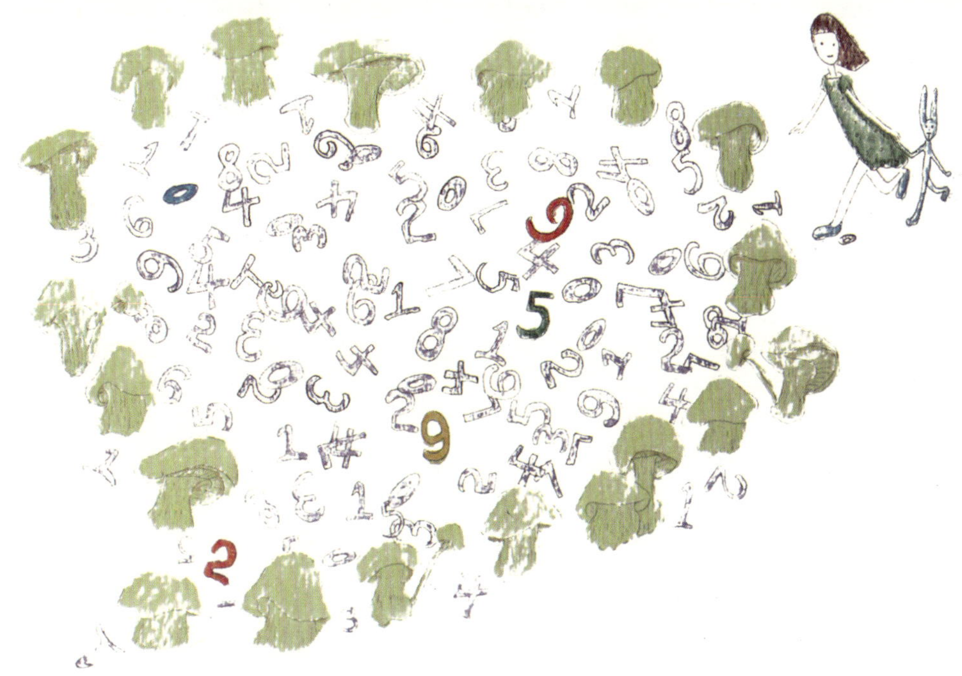

号码

每一个孩子，随着成长，会渴望和终将允许得到自己的手机，一个独立的电话号码。

号码，有的有意，有的随意。

她的号码，在 15 岁的生日晚会上获得。爸爸把手机交给她的一瞬间，眼睛里闪烁着莫名的湿润。52099，她觉得这个号码的结尾熟悉而又陌生。

爸爸说，这是爷爷生前用的号码。

爷爷？哦，爷爷，她出生后就没有见过爷爷。妈妈说，她也没有见过爷爷，爷爷去世的时候她和爸爸才开始约会……但孙女的名字是爷爷取的：林久久。

喔！她猛然明白。我爱林久久，我爱你久久。

此后，她几乎天天感受到爷爷的疼爱。

是的，只要爱在，任何离去的人其实都没有真正离开。

天天天真

你问我天真到何时

我愿——

一生三万六千五百天

一岁三百六十五天

天——天—— 天真!

世界的物理

有人说世界是圆的，那他的世界是个一个地球——他是一个学理科的师兄，从家乡走到了罗马，从母校走到了剑桥。

有人说世界是无形的，那她的世界是一颗心脏——她是一个学文科的师姐，世界在她的眼里，风花雪月；世界在她的笔下，万千气象；世界在她的心中，沧桑变幻。

有人说世界是方的，那他的世界是鸟笼子的一扇窗口——说这个的，是我。我坐在教室的窗口，时不时看一眼世界。世界是方格子田字抄，世界是塑料文具盒，世界是苍白的 A3 开试卷，世界大一点就是块黑板，顶多是一个球场吧！我的方方的世界啊，何时我才能离开笼子，飞进你的万里方圆呢?

血缘的标点

爷爷的脸上有麻疹，那是苦难和落后的记忆。

爸爸的脸上有斑点，那是风雨中操劳的写真。

我的脸上有痘痘，那是什么呢？我想，应该是爷爷的句号，爸爸的省略号吧……要结束苦难和落后，每一代都要继续加油，不畏在风雨中操劳……